Eugène Dabit
Petit-Louis

Roman

Aus dem Französischen
und mit einem Nachwort
von Julia Schoch

Schöffling & Co.

Dieses Buch erscheint im Rahmen des Förderprogramms des französischen Außenministeriums, vertreten durch die Kulturabteilung der französischen Botschaft in Berlin

INSTITUT FRANÇAIS
Deutschland

Erste Auflage 2018

Originaltitel: *Petit-Louis*
Die Erstausgabe erschien 1930
in der Librairie Gallimard in Paris

Satz: Reinhard Amann, Memmingen
Druck & Bindung: Pustet, Regensburg
ISBN 978-3-89561-167-4

www.juliaschoch.de
www.schoeffling.de

Für Roger Martin du Gard

Petit-Louis

ERSTER TEIL

I

Seit zehn Jahren wohnten wir in einem Mietshaus für Arbeiter in der Rue Calmels. Dort hatten wir unterm Dach zwei Zimmer mit Küche. An den Tag unseres Einzugs konnte ich mich kaum erinnern. Mir kam es vor, als würde ich das Haus mit der rußgeschwärzten Fassade seit jeher kennen, genau wie den dunklen Hauseingang und das Treppenhaus, in das durch niedrige Fenster traurig etwas Licht hereinfiel.

Im sechsten Stock angekommen, war man jedes Mal außer Atem. Dafür hatte man es ruhig, nur selten kam jemand herauf, und die Concierge überließ die Reinigung der Treppe meiner Mutter. Von sämtlichen Mietern des Hauses wohnten wir am längsten hier. Keine der Familien, die ein- oder auszogen, blieben mir in Erinnerung, mit Ausnahme der Quillets, denn ihr Sohn war mein Spielkamerad. Nur die Namen unserer derzeitigen Nachbarn hatte ich im Kopf: die Gallais, die Thévenards und die Primaults.

Die Sonne schien nur selten bei uns rein. Im Sommer trafen ein paar Strahlen schräg auf die Fenster, verschwanden aber rasch wieder. »Wir sollten den Vermieter nach einer helleren Bleibe fragen«, sagte meine Mutter oft. Und kurz darauf: »Ach, wozu umziehen? Eigentlich haben wir's doch gut hier.«

Im Sommer war es hier oben zum Ersticken. Im Winter malten Stockflecken unlesbare Landkarten in schmutzig gelb an die Decke. Zum Glück hatten wir eine schöne Aussicht, um die uns die Nachbarn beneideten – deren Fenster gingen auf die Rue Ordener.

Wir überblickten das gesamte Umland, von Pantin bis Argenteuil, die Vorstädte, umgeben von einer sanften blauen Hügellinie.

Ich hatte Spaß daran, diese Landschaft zu verändern, wie es die Jahreszeiten tun. Unablässig übermalte ich meine Erinnerungen, die dennoch stimmig blieben. Da draußen lag die Welt. Ja, eine Welt aus Häusern, die unserem glichen, breite Straßen und Gassen, wie Flüsse zwischen dunklen Ufern, der Rue du Poteau und der Rue Championnet. An der Stelle, wo sie sich kreuzten, stand die Gemeindeschule, von der ich 1912 abgegangen war. Dann die Stadtbefestigungsanlagen, umgeben von grüner Böschung. Der Vorortgürtel mit seinen schiefen Hütten, Fabriken, die Schienen der Eisenbahngesellschaft NORD; in Richtung Saint-Denis und Gennevilliers Gasometer; und am Carrefour de la Révolte das Elektrowerk mit seinen acht Schloten, aus denen graue Rauchwolken quollen.

Diese Landschaft hielt stets Überraschungen für mich bereit. Den Vordergrund kannte ich. Das waren die einstigen Eroberungen, die ich meinen Kinderaugen verdankte. Als meine Neugierde größer wurde, entdeckte ich in der Ferne kleine Städte, Obstgärten, Wälder, an deren Rändern die Seine fließen musste. Ach, wann würde ich die Hügel dort hinten am Horizont endlich kennenlernen? Ich sagte mir, eines Tages würde mir jenes geheimnisvolle Land da draußen ebenso vertraut sein wie die Rue Montcalm.

Alles hier hatte mit meiner Vergangenheit zu tun. Das alte Gemäuer, in das ich meinen Namen ritzte, die Toreinfahrten, hinter denen ich mich versteckte, wenn ich Räuber und Gendarm spielte, die Rinnsteine, in denen ich mit meinen Freunden Staudämme aus Sand errichtete, und die von irgendeinem Straßenfeger wieder eingerissen wurden ... All das war gestern, und obwohl ich mich nicht mehr auf der Straße herumtreibe, ist es immer noch die Gegenwart. Nichts hat sich geändert. Noch immer stehen dort drüben ein Waisenhaus mit vergitterten Fenstern, eine Schuhfabrik und ein verrufenes Hotel, stellt ein Fuhrunternehmer seine Wagen auf der von zwei Akazien bewachsenen Brache ab.

Meine Mutter sagte gern: »Einen solch schönen Blick haben in Paris nur ganz wenige.« Was mich noch mehr begeisterte, war das Spektakel des Himmels, der im Frühling von Schwalben bevölkert und im Winter von Wolken und Rauchschwaden verdunkelt wurde. Im Sommer saß ich abends oft stundenlang am Fenster. Der Lärm der Stadt verebbte, die Lichter gingen an. Ich suchte nach dem Polarstern, fand ihn aber nie. Vom Bett aus rief mein Vater mir zu: »Geh schlafen!« Ich antwortete: »Gleich!« In der tiefblauen Nacht ließen sich vage die schlummernden Häuser erahnen. Der Wind strich mir über die Haut, ein Lied lullte mich ein. Gern hätte ich die Stimmen verstanden, die ganz in der Nähe wisperten. Ich wusste nichts von der Welt und spürte doch, wie sie lebte. Etwas verband mich mit ihr. Was? Alles sprach zu mir: »Wart's ab. Du kommst schon noch hinter die Geheimnisse …«

Ich hustete viel. So fassten meine Eltern den Entschluss, in diesem Jahr in den Urlaub zu fahren. Sie nahmen mich mit nach Le Tréport. Zum ersten Mal sah ich das Meer. Vor Verblüffung war ich wie benommen. Gerade war ich im Begriff, Paris und die Schlosserwerkstatt zu vergessen, als uns mein Onkel August telegrafierte. »Kommt besser zurück. Ich glaube, es gibt Krieg.«

Wir lasen nie Zeitung. Die Nachricht traf uns wie ein Schlag. In aller Eile verließen wir Le Tréport.

Am Bahnhof in Paris wartete mein Onkel bereits auf uns.

»An welchem Tag musst du los, Henri?«, fragte er meinen Vater. Dann sagte er: »Du hast keine Ahnung, was sich da zusammenbraut, Petit-Louis.«

Wir wurden von Männern angerempelt, die riefen: »Nieder mit Deutschland!« Ich dachte ans Meer, an die Ferien, und spürte, wie meine Erinnerungen daran bereits erloschen.

Wie das Leben nach unserer Rückkehr war, habe ich vergessen. Meine Mutter schwatzte auf dem Treppenabsatz mit den Nachbarinnen, während mein Vater und Monsieur Thévenard sich über den Mord an Jaurès entrüsteten. Ich schlenderte durch die Stadt. Ich kaufte Zeitungen. Voller Verzweiflung ging ich wieder hinauf in die Wohnung. Ich setzte mich ans Fenster. Ein Lüftchen wehte, Schwalben zierten den Himmel, der Glockenturm von Notre-Dame de Clignancourt erhob sich dunkel über den silbergrauen Dächern.

Wir sind immer glücklich gewesen. Meine Eltern umgaben mich mit Zärtlichkeit. All ihre Bemühungen galten mir, ihrem einzigen Gedanken. Ich war das sanfte Band zwischen ihnen, sie hörten dann jedes Mal auf zu zanken und lächelten mich an. Als ich ungefähr zehn Jahre alt war, nahmen sie mich zum ersten Mal mit ins Theater, ins Gaîté-Lyrique, wo *Paul und Verginie* gespielt wurde, wie mein Vater sagte. Ich amüsierte mich prächtig. Wir gingen danach noch oft dorthin, und ich sah *Die Afrikanerin*, *Das Mädchen aus Navarra*, *Die Hugenotten*, *Die weiße Dame*. Durch die Opern fand ich Gefallen an Poesie und Musik. Sie dämpften das unbestimmte Verlangen, das in mir erwachte und spendeten mir Trost, wenn ich in der Schule wieder einmal schikaniert wurde.

Im Sommer fuhren wir sonntags aufs Land zu unseren Cousins, den Brandys, die ein Landhaus in Saint-Gratien besaßen. Nachmittags liefen wir durch die Felder, wo wir das ein oder andere mitgehen ließen, hinauf zur Mühle in Orgemont, einem Freiluftlokal. Dort sah ich meinen Eltern beim Tanzen zu. Wenn es dunkel wurde, fuhren wir zurück nach Paris, die Männer auf dem Fahrrad, die Frauen und ich mit der Straßenbahn.

Ich mochte es, wenn wir drei abends im Schein der Lampe um den Tisch herum saßen. Der Arbeitstag war vorbei. Ich berichtete von meiner Lehre. Mein Vater, ein Rollkutscher, redete von seinen Freunden oder den Pferden. Meine Mutter hörte uns zu oder erzählte von der Frau, bei der sie angestellt war. Wir waren glücklich. Im Haus war es still. Vor uns lagen der Abend und eine lange Nacht voller Schlaf. Morgens standen wir auf, tranken eine Tasse Kaffee und verabschiedeten uns voneinander.

Alles in unserem Leben folgte einem Plan, wiederholte sich auf unbestimmte Zeit. Wir lebten ruhig, ohne allzu viele Sorgen. Mein Vater ging nicht zur Wahl und las keine Zeitung. Die große weite Welt rückte uns nur ins Gedächtnis, wenn es irgendein Unglück oder ein schweres Verbrechen gab. Danach vergaßen wir sie wieder. Zweiundfünfzig Mal im Jahr und an den Feiertagen waren wir frei. Dann träumten und lachten wir, gingen spazieren, bekamen Besuch von Verwandten und Freunden. Wir aßen zusammen Abendbrot, plauderten, und sangen nach dem Essen fröhlich miteinander. Je besser wir uns kennenlernten, desto stärker und dauerhafter schien uns das Glück, desto enger rückten wir zusammen.

Es wird schon dunkel, als ich meinen Platz am Fenster verlasse. Meine Mutter legt die Wäsche auf den Tisch, die sie ausgebessert hat.

»Dein Vater müsste längst da sein, Petit-Louis. Bestimmt hat er wieder ein paar Freunde getroffen.«

»Die Straßenbahnen fahren nicht mehr, also muss er zu Fuß nach Hause.«

In Wirklichkeit mache ich mir ebensolche Sorgen wie sie.

Wenn er unterwegs in der Vorstadt war, warteten wir genauso. Meine Mutter malte sich die schlimmsten Dinge aus. »Hoffentlich haben sie ihn nicht überfallen und ausgeraubt«, oder: »Bestimmt hatte er einen Unfall.« Plötzlich ging unten die Toreinfahrt, ein bestimmtes Geräusch war zu hören, das nicht wie die anderen sogleich wieder erstarb. Rasch deckte ich den Tisch.

Meine Mutter bedeutet mir, kurz innezuhalten.

»Hörst du?«

Wir gehen raus und stützen uns aufs Treppengeländer.

Ich erkenne das Knirschen von eisenbeschlagenen Schuhen und ab dem vierten Stock seinen keuchenden Atem.

»Bist du es, Henri?«, fragt meine Mutter.

Er kommt. In der Hand seinen Strohhut, das Haar zerwühlt, die Stirn schweißnass. Seine Kleidung hängt an ihm, die Adern an seinem Hals sind geschwollen, die Augen glasig. Er umarmt uns kurz, und wir gehen zurück in die Wohnung.

»Du warst mit deinen Kumpels unterwegs«, sagt meine Mutter.

»Nein«, erwidert er. »Mann, hab ich einen Durst.«

Ich fülle ein Glas. Er trinkt es in einem Zug aus, fährt sich übers Gesicht und setzt sich. Er murmelt vor sich hin. Ich glaube, er ist angetrunken. Dann zieht er ein weißes Blatt aus seiner Jackentasche.

»Es ist Krieg. Deutschland hat uns ein Ultimatum gestellt.«

»Wieso, Papa?«

»Tja, wir sind mit Russland verbündet, weißt du.«

Meiner Mutter fällt die Zeitung aus der Hand. Ihre Augen sind von Schatten umgeben wie nach einer durchwachten Nacht, ihre Lippen bleich.

»Wirst du gehen?«

»Na sicher! Ich werde dasselbe tun wie alle anderen auch.«

Ich sehe sie abwechselnd an, ihr seltsames Benehmen überrascht mich, ihr Schweigen macht mir Angst. Ich fühle mich unmittelbar bedroht in meinem Glück. Mir ist heiß, ich zittere. Schließlich rinnen mir große, bittere Tränen über die Lippen.

»Du wirst gehen«, sagt meine Mutter noch einmal.

»Ich will nicht, dass du weggehst, Papa. Ich will nicht!«

Ich klammere mich an seine Kleidung, werfe mich schluchzend an seine Brust. Er fasst mich am Kinn, wischt mir die Tränen weg und sagt mit zärtlicher, ernster Stimme, die ich noch nie an ihm gehört habe: »Du musst nicht in den Krieg.«

Sein Gesicht verzerrt sich. Er sackt in sich zusammen und bleibt eine Weile regungslos. Schließlich schiebt er mich weg und fängt an, von Cousin Brandy zu erzählen, der den Tongking-Feldzug mitgemacht hat.

»Der ist auch zurückgekommen. Und dabei gab's da massenhaft Fieberkranke.«

Seine Worte sind wie ein Rauschen in meinen Ohren. Ich betrachte ihn. Er ist einundvierzig Jahre alt. Noch nie ist mir in den Sinn gekommen, dass er sterben könnte. Nie mehr seine Stimme zu hören, nie mehr dem Lächeln seiner klaren Augen zu antworten, nicht mehr seinen blonden feuchten Schnurrbart auf meiner Stirn zu spüren. Nicht dass ich ihm immerfort mein Herz ausschütten würde, aber wenn ich leide, ist er da, wie ein Gott.

»Papa, halt mich weiter fest.«

»Na los«, antwortet er, »ab ins Bett.«

Ich schlafe im Esszimmer. Zwischen dem geschnitzten Eichenbuffet und dem Garderobenständer richte ich mein Klappbett her. Ich ziehe mich aus. Meine Sachen kommen auf einen Stuhl, die Schuhe unters Bett. Matt und gerädert, als würde ich was ausbrüten, lege ich mich schlafen.

Meine Eltern stehen am Fenster. Ich höre sie kaum. Worüber reden sie? Sie kennen sich seit achtzehn Jahren. Ich sehe sie wieder als Hochzeitspaar auf einer ausgeblichenen, altmodischen Fotografie vor mir. In Gedanken gehe ich den Weg, den sie bis zum heutigen Tag zurückgelegt haben. In meiner Kindheit waren sie oft in Sorge um meine Gesundheit. Habe ich sie jemals glücklich gemacht?

»Schläfst du, Petit-Louis?«, fragt mein Vater.

Ich antworte nicht.

»Er ist eingeschlafen«, murmelt meine Mutter. »Glaubst du, dass er auch irgendwann gehen muss, Henri? Ah, als hätten wir nicht schon genug durchgemacht ...«

»Ach was, auf keinen Fall ziehen die ihn ein. Die nehmen doch keine Kinder!«

Auf dem Tisch liegt eine karierte Wachstuchdecke. Gedankenverloren schiebt mein Vater ein Brotkügelchen zwischen den Quadraten herum.

»Gib dir ein wenig Mühe«, sagt meine Mutter. »Weißt du, wo du heute Abend essen wirst?«

»Ach, heute Abend ...«

»Ich hab dir extra ein anständiges Mittag gekocht.«

Nie zuvor hat mich das Gesicht meiner Mutter dermaßen gerührt. Nur selten weicht der Ernst darin einem Lächeln. Ich kenne es in- und auswendig. Ich habe es zu oft angeschaut, als dass ich es noch wirklich sehen könnte. Heute jedoch erkenne ich sie plötzlich wieder, die Falten auf ihrer Stirn, das grauer werdende Haar, heute kann ich auf ihren schmalen, bleichen Lippen sehen, was an Bitterkeit, Leidenschaft und heimlichen Wünschen in ihr ist, entdecke ich in ihren braunen Augen unter den allzu schweren Lidern ihre Güte und Bescheidenheit.

Sie räumt den Tisch ab.

»Henri, was willst du an Wäsche mitnehmen?«, fragt sie.

»Darum musst du dich nicht sorgen, Jeanne. Die Armee stellt alles.«

»Du nimmst trotzdem ein paar Hemden und warme Unterwäsche mit. Petit-Louis, komm mit ins Schlafzimmer.«

Sie öffnet die Tür zum Spiegelschrank: Der Schrank ist angefüllt mit Taschentüchern, Laken und Handtüchern, die unbenutzt auf spitzenverzierten Brettern vor sich hin gilben. Regungslos steht meine Mutter davor und lässt ihren glänzenden Blick zwischen den Stapeln hin und her wandern. Ihre Wahl fällt auf neue Hemden.

Wir gehen zurück ins Esszimmer.

»Hier ist deine Wäsche. Aber geh bitte sorgsam damit um.«

Mein Vater stopft alles in einen braunen Segeltuchsack, den er immer nahm, wenn er zum Angeln ging. Er schnürt ihn zu. Dann zieht er drei Einhundertfrancscheine aus seiner Hosentasche und legt sie auf den Tisch.

»Mein gesamter Monatslohn«, sagt er. »Ich denke, das dürfte reichen, bis ich zurück bin.«

Ich gehe auf ihn zu, nehme seine Hand.

»Papa, und wenn du nun einfach hierbleibst?«

»Die würden mich holen kommen.«

»Wir könnten dich verstecken.«

Er schüttelt den Kopf. Dann öffnet er sein angeschmutztes Soldbuch, das meine Mutter vorhin aus einer Blechdose hervorgeholt hat, in der sie unsere »Dokumente« verwahrt.

»Siehst du die eingeklebte rote Marke hier?«, fragt er mich. »Ich muss zum 1. Pionierregiment, in Versailles.«

Ein Sirenengeräusch ertönt, auf der Straße wird es laut. Heute Morgen noch hoffte ich auf ein Wunder. Ich wartete darauf. Ich lief zum Rathaus, um die Anschläge zu lesen. Sie verkündeten die »allgemeine Mobilmachung«. Mein Onkel August ist bereits fort.

Mein Vater setzt seine Mütze auf und kommt lächelnd auf mich zu.

»Kopf hoch, Petit-Louis.«

Er drückt mich an sich.

Ein Schrei reißt uns auseinander. Meine Mutter ist auf einen Stuhl gesunken.

Mein Vater wirft sich vor ihr auf die Knie. Er streichelt ihr Gesicht, ruft ihren Namen, flüstert Zärtlichkeiten. Mich schiebt er weg. Ohnmächtig wohne ich der Szene bei. Ich höre, wie meine Mutter aufstöhnt. Der Schmerz nimmt mir die Luft. Ich erkenne die Gesichter meiner Eltern nicht wieder, auch ihre Stimmen nicht, ich spüre nicht mehr, wie ihre Liebe mich umhüllt.

Meine Mutter öffnet wieder die Augen.

»Komm schon«, sagt mein Vater, »das ist, als würde ich meine achtundzwanzig Tage Reserve absitzen. Versailles ist doch nicht weit.«

»Henri, geh noch nicht.«

»Gut.«

Er setzt sich hin. Meine Mutter nimmt neben ihm Platz. Wir hätten uns so viel zu sagen! Mir scheint, wir haben Jahre des Glücks verloren. Beinahe fröhlich plaudern wir.

»Nun denn«, sagt mein Vater.

»Papa! Steh nicht auf! Noch fünf Minuten.«

Er nimmt seine Tasche. Er steht auf. Sein verschwommener Blick ruht auf uns und lässt uns nicht mehr los. Rückwärts geht er zur Wohnungstür und öffnet sie.

»Henri!«, schreit meine Mutter und streckt die Arme aus.

Auf der Schwelle bleibt er stehen. Er zögert kurz. Dann kommt er noch einmal zurück und umarmt uns. Ich spüre seinen Atem auf meinem Gesicht, seine heißen Tränen. Er stammelt unzusammenhängende Worte. Ich will ihn noch einmal umarmen, aber er macht sich los und geht.

Ich stürze ihm nach. Meine Mutter hält mich am Arm zurück. Das Ohr an die Tür gepresst, lausche ich, wie mein Vater langsam die Treppe hinuntergeht. Ich zucke zusammen. Er ist stehen geblieben, gleich kommt er zurück! Nein, er geht weiter. Seine Schritte werden leiser. Eine Tür klappt. Dann nichts mehr.

»Er ist bald wieder da, Petit-Louis«, sagt meine Mutter.

Sie bugsiert mich ins Esszimmer.

»Eben gerade saß er noch hier.«

»Ja. Zum Glück geht er nicht weit fort, schon morgen hören wir von ihm, oder?«

»Ich weiß nicht, Mama.«

»Hast du Hunger?«

Ich schüttle den Kopf. Da sagt sie, ich solle ins Bett gehen.

»Ich bin am Ende«, flüstert sie.

Es wird dunkel. Ich klappe mein Bett aus.

Ich liege auf meiner Decke und lausche dem dumpfen Geräusch der Züge, die Richtung Norden fahren.

II

Ich öffne die Augen: Niemand sitzt am Tisch. Normalerweise erblickte ich beim Aufwachen meinen Vater, der seine Suppe löffelte, und meine Mutter fragte, ob ich gut geschlafen hätte, wobei sie mir eine Schale mit Kaffee reichte. Dann stand ich auf und trabte in die Küche, um mir das Gesicht zu waschen. Manchmal blieben meine Eltern auch noch eine Weile im Bett, und wir mussten uns allesamt sputen.

»Wir haben verschlafen!«, rufe ich.

Meine Mutter taucht auf.

»Was ist los?«

Ich komme zu mir. Mir fällt wieder unser Abschied gestern ein.

»Schon gut, Mama.«

»Na los, hoch mit dir. Du fährst nach Versailles, deinen Vater besuchen.«

»Nach Versailles?«

»Du bist alt genug, du findest dich schon zurecht. Zu zweit würde es zu viel kosten. Ich habe ein Päckchen gepackt. Ich weiß nicht, wo ich meinen Kopf hatte, dein Vater hat die Hälfte seiner Sachen vergessen.«

Für gewöhnlich gehe ich nicht allein weg. Trotzdem wird mir beim Gedanken, heute zu verreisen, nicht bange. Doch werde ich es wirklich schaffen, meinen

Auftrag auszuführen? Ich bitte um genaue Erklärungen. Nach und nach bekomme ich Selbstvertrauen.

»Das wird eine ganz schöne Tour«, sagt meine Mutter.

Sie begleitet mich ins Treppenhaus und gibt mir einen Kuss.

An der Gare des Invalides drängen sich die Leute.

Ich stelle mich an einem Schalter an. Als ich dran bin, stellt man für Versailles keine Fahrkarten aus. Einen Zehnfrancschein in der Hand, stürze ich woandershin. Leute rempeln mich an. Nie im Leben werde ich es in den Zug schaffen.

Endlich habe ich meine Fahrkarte. Meine Mutter hat zu mir gesagt: »Nimm bloß nicht die falsche Richtung.« Niemand da, den ich fragen könnte. Ich höre, wie abgepfiffen wird. Fahrgäste beeilen sich, ich folge ihnen und springe in einen Zug.

Kurz darauf fährt er ruckartig los. Besorgt frage ich: »Fährt der nach Versailles?«

Ja, antwortet irgendwer.

Wir sind ungefähr zu fünfzehnt in dem Abteil, es ist zum Ersticken. Ich stehe, mit einer Hand halte ich mich an der Gepäckablage über mir fest. Frei von Furcht oder Sorgen, ja beinahe begeistert, reden die Fahrgäste vom Krieg.

Plötzlich hält der Zug.

»Was ist los?«

Ein Mann beugt sich aus der Tür.

»Das ist der Tunnel von Meudon. Er wird bewacht.

Die Preußen wollten ihn sprengen. Es heißt, sie hätten einen Spion geschnappt.«

Ruckelnd geht die Fahrt weiter. Alles schweigt.

Endlich sind wir da.

Ich renne aus dem Bahnhofsgebäude. Draußen treffe ich auf Infanteristen, Kavalleristen und Artilleristen. Ich gehe aufs Gratewohl los. Ich sehe keine Kaserne, auch keine Soldaten des 1. Pionierregiments. Also kehre ich um und spreche ein paar Leute auf der Straße an. Man zeigt mir den richtigen Weg.

Die Kaserne Petites-Écuries liegt gegenüber vom Schloss. Ich gehe am Zaun entlang und klettere schließlich hinüber. Niemand hält mich auf. Ich gehe noch ein Stück weiter, schlüpfe zwischen ein paar Wagen hindurch und betrete einen leeren Gang.

Dort bekomme ich wieder Mut. An einer Tür hängt ein weißes Schild: Büro. Ich klopfe an, jemand antwortet. Mit pochendem Herzen gehe ich hinein, dann sage ich rasch und ohne aufzublicken:

»Kann ich meinen Vater besuchen?«

»Verflixter Lausbub, geh wieder heim!«, erwidert eine strenge Stimme.

Das Gewehr an der Schulter, exerzieren Soldaten im Hof. Ich bleibe vor der Tür auf dem Bürgersteig stehen.

Ein Soldat geht hinein.

»Kennen Sie Henri Decamp? Er ist mein Vater.«

Er schüttelt langsam den Kopf.

»Du wirst ihn kaum finden, Kleiner. Wir sind drei- oder viertausend Reservisten in dem Laden hier.«

Sobald ein Soldat herauskommt, stelle ich ihm die gleiche Frage. An einer langen geweißten Mauer mit vergitterten Fenstern im Erdgeschoß werfe ich einen Blick ins Innere der Kaserne. Mein Herz fängt wieder heftig an zu klopfen, wenn man mich nun ertappt? Eine Artilleriebatterie überquert die Place d'Armes. Oben auf dem Munitionswagen sitzen Männer, die Geschütze sind mit Blumen und Zweigen geschmückt. Danach kommt die Infanterie vorbei, Hunderte von Männern, die Gewehre geschultert. Es heißt: »Sie gehen an Bord.« Dragoner und funkelnde Kürassiere erscheinen auf der Bildfläche. Sie werden beklatscht, man jubelt ihnen zu. Auch ich rufe. Fast gerate ich im Gedränge unter die Hufe der Pferde. Trunken höre ich das Signal einer Fanfare.

Der Staub legt sich, der Lärm verebbt. Ich beziehe wieder meinen Posten vor der Kaserne. Die Mauern sind trostlos und hoch wie bei einem Gefängnis. Ich rufe:

»Papa!«

»Du schon wieder!«, meint ein Wachsoldat. »Mach, dass du wegkommst.«

Ich umklammre noch einmal die Gitterstäbe und blicke in den Hof.

Unterm Arm das Päckchen, das meine Mutter mir mitgegeben hat, gehe ich schließlich davon. Überall Soldaten, Gruppen von Reservisten, die von Unteroffizieren im Gleichschritt in die Kaserne gebracht werden. Ein Konvoi nach dem anderen: Sanitätswagen, Artillerieprotzen, Kraftfahrzeuge.

Stimmen werden laut. Vor einem Gebäude hat sich eine Menschenmenge gebildet. Ich schlüpfe hindurch und stehe schließlich vor einer Wand, an der soeben eine »Bekanntmachung« angeschlagen worden ist, wie es heißt. Ich lese. »Die französischen Truppen sind in den Elsass vorgerückt. Wir haben Thann eingenommen und marschieren auf Mühlhausen zu.«

»Wir haben 6000 Gefangene gemacht!«

»Wir haben eine bayerische Fahne erobert!«

»Wisst ihr, die Kosaken sind in Ostpreußen eingefallen!«

Ich höre nicht mehr zu. Der Sieg! »Papa muss doch nicht kämpfen!«, jubelt eine Stimme in mir.

Ich fahre zurück nach Paris. Ich komme mit guten Neuigkeiten nach Hause. Doch kaum habe ich freudestrahlend den Mund aufgemacht, ruft meine Mutter: »Ich hab deinen Vater getroffen. Er sollte in La Villette Pferde holen, da hat er sich kurz davongeschlichen. Weißt du, er hatte seine Soldatenkluft an. Alle bei uns auf der Etage sind aus den Wohnungen gekommen und haben ihn bestaunt. Und du? Ich darf gar nicht dran denken, dass ich dich für nichts und wieder nichts dahin geschickt habe.«

Ich berichte ihr von meinem Tag. Ich spreche laut, bausche meine Erinnerungen auf, die Parade auf dem Platz, das großartige Drumherum, ein Aufmarsch, noch viel erhebender als der 1912 in Longchamp! Mit den Füßen stampfend, ahme ich das Geräusch der Trompeten und das Grollen der Geschütze nach.

»Genug jetzt, Petit-Louis.«

Meine Mutter gibt mir einen Kuss.

»In nicht mal einem Monat ist dein Vater wieder da«, versichert sie mir.

Mit ruhiger Stimme antwortet Monsieur Bernard auf meine Fragen:

»Hör zu, meine Arbeiter wurden allesamt eingezogen, und ich melde mich auch bald bei meiner Einheit. Ich weiß nicht, wann ich die Werkstatt wieder aufmache. Sieh zu, dass du solange woanders unterkommst.«

Ich gehe ohne Bedauern. Im Grunde genommen wollte ich immer raus aus diesem Laden, weg von den gehässigen, brutalen Gesellen und dem Vorarbeiter, der so streng zu den Lehrlingen war. Ein richtiger Arbeiter bin ich noch nicht, aber ich bin sicher, ich finde eine Stelle.

Ich werde länger Ferien haben, vielleicht dauern sie sogar bis zum Herbst, wie früher zu Schulzeiten.

Ich treibe mich in der Stadt herum. Meine Mutter lässt mich allein gehen. Sie selbst bleibt zu Hause, schließlich könnte mein Vater jeden Moment auftauchen, wie sie sagt. Auf den Straßen bilden sich ohne größeren Anlass immer wieder Menschengruppen. Frauen kommen miteinander ins Gespräch, Arbeiter verlassen ihre Baustellen, Fußgänger bleiben wild gestikulierend stehen, und immer findet sich jemand, der den Sieg unserer Armee voraussagt. Trotz der drückenden Hitze liegt eine Art allgemeiner Jubel in den Gesichtern, auch Stolz. Plötzlich ertönt Geschrei: ein Zeitungsverkäufer kommt angestürmt, die neusten Siegesmeldungen unterm Arm. Die Leute schubsen, jeder will zuerst lesen. Noch nie bin ich aus meinem Viertel rausgekommen, ich lebe hier wie in einer kleinen Stadt, habe täglich dieselben Straßen vor Augen, dieselben Geschäfte, doch plötzlich spüre auch ich, wie mich der Wirbel erfasst und mit sich trägt …

Ich gehe, die Hände in den Taschen. Ich überquere laute Straßen und solche, die wie ausgestorben sind. In den Schaufenstern hängen Schilder in den Trikolorefarben: »Geschlossen bis zum Ende der Kampfhandlungen«, auf den Gehwegen und Mauern das Gekritzel von Kindern: »Nieder mit dem Kaiser«. An einer Kreuzung, wo ein patriotisches Liebeslied erklingt, bleibe ich stehen.

Mit einem Mal höre ich Lärm. Leute rennen vorbei, ich schließe mich ihnen an und gelange zu einem Laden. »Verfluchte Diebe!«, ruft wer. Ich beginne ebenfalls zu brüllen.

Die Schaufenster sind schon kaputt, auch die Regale: halb zertrampelt und verwüstet liegen Eierpackungen, Gemüse, Flaschen und Konservenbüchsen in einem wilden Durcheinander da. Männer fuchteln herum, beschimpfen sich und dreschen aufeinander ein, Frauen kreischen. Hastig stopfen alle ihre Taschen voll. Direkt vor mir stürzt ein Stapel Kekse um. Ich beuge mich runter und nehme mir einen. Danach schnappe ich mir eine Büchse Sardinen, dann zwei, drei, während ich mich gleichzeitig umschaue, was ich noch mitgehen lassen könnte, ohne allzu viel Ärger zu bekommen.

Ein wild gewordenes Weib, in der Hand eine schon prall gefüllte Schürze, schimpft unablässig vor sich hin: »Verdammte Verräter!« Eine zerlumpte Gestalt verpasst mir einen Stoß mit dem Ellbogen. »He, Kleiner! Komm hier rüber.« Mit einem Augenzwinkern deutet er auf die Kasse.

Jemand ruft:

»Die Bullen!«

Es wird hektisch. Leiber wälzen über den Boden.

Die Taschen prall gefüllt, renne ich weg, aufs Geratewohl in eine Seitenstraße hinein. An den Fenstern rufen Leute: »Die Läden werden geplündert!« Ich höre das gellende Quäken einer Feuerwehr. Ich renne, aber meine Beine sind zu schwach. Mir klappern die Zähne, ich wage nicht, mich umzudrehen. Ein Wort, das ich im Laufen aufschnappe, summt mir in den Ohren: »Dieb!«

Um die Polizisten von meiner Spur abzulenken, kehre ich um.

In einer menschenleeren Straße bleibe ich schließlich stehen und werfe zwei der Konservenbüchsen, die ich in der Hand halte, in einen Gulli. Ich zwinge mich, langsam weiterzugehen.

Dann bin ich zu Hause.

»Was ist denn mit dir los?«, fragt meine Mutter.

Ich lasse mich auf einen Stuhl sinken und berichte ihr keuchend, was geschehen ist.

»Du bist verrückt, Petit-Louis, verrückt! Du hast

etwas sehr Schlechtes getan. Wieso mischst du dich in so was ein? Wenn du dich so aufführst, lasse ich dich nicht mehr alleine weg. Soll ich etwa Ärger mit der Polizei bekommen? Komm, pack deine Taschen aus. Und hör auf zu murren … wenn dein Vater jetzt käme.«

Eine nach der anderen hole ich die Konservenbüchsen hervor und lege sie auf den Tisch.

»Wir verstecken sie im Buffet«, murmelt meine Mutter. »Man kann nie wissen, vielleicht brauchen wir sie noch.«

Sie räumt alles weg.

Ich gehe zum Fenster.

Ich betrachte die Landschaft. Doch heute hat ihr Anblick nichts Besänftigendes. Ich schäme mich. »Das war wirklich verrückt, Petit-Louis.« Ich habe dasselbe getan wie alle anderen auch. Ach, dieser Krieg, schon hat man sich nicht mehr im Griff. Was soll nur aus uns werden, wenn er weitergeht?

III

Die Concierge, eine alte Frau, die über ihrem schwarzen Schoßjäckchen eine schwarze Schürze trägt, sitzt vor der Haustür und liest Zeitung. Ich will gerade hineingehen, da hebt sie den Kopf.

»Ist keiner da bei dir, Petit-Louis.«

Bei mir denke ich, Mama hätte ihren Schlüssel ruhig dalassen können, das tun die anderen Mieter auch. Dann lehne ich mich an die Wand und warte. Ich sehe ein paar Kindern beim Himmel-und-Hölle-Spielen zu.

Die Concierge sagt:

»Deine Mutter hat mir erzählt, du suchst Arbeit.«

»Ja. Aber ich habe noch nichts gefunden.«

»O ja, alles geht drunter und drüber. Schlechte Zeiten sind das.«

Sie tippt auf ihre Zeitung.

»Die schreiben nicht die Wahrheit. Die, die genug Zaster haben, gehen wie die Regierung weg aus Paris. Wenn ich meinen Hausmeisterposten aufgeben könnte …«

»Und ich irgendwo eine Stelle finden würde!«

Ich wusste nicht, was ich anfangen sollte mit meiner Freiheit. Ich verließ nur noch selten das Haus. Auf den Straßen war es trostlos geworden. Ich begann, an unserem Sieg zu zweifeln, verlor das Vertrauen. Hörte ich von Bajonettangriffen oder Kavallerievorstößen, beschlich mich Unbehagen. Außerdem wurde zu Hause das Geld langsam knapp. Meine Mutter hatte eine neue Anstellung als Putzfrau gefunden, verdiente aber nicht genug für zwei. Auf meinen Spaziergängen ging ich jedes Mal die Zettel mit Stellenangeboten durch. Ich hätte jede Arbeit angenommen. Der Gedanke, mich in einer Schlosserei zu bewerben, kam mir nicht. Um Geselle zu werden, hätte ich noch ein Jahr in die Ausbildung gehen müssen.

Plötzlich taucht meine Mutter an der Ecke der Rue Calmels auf. Ich laufe ihr entgegen.

»Endlich gibt's was Neues, Petit-Louis«, sagt sie.

»Was Neues?«

»Ich habe eine Stelle für dich!«

»Eine gute?«

»Und ob! Du kriegst hundert Sous am Tag. Meine Chefin hat einem Ingenieur bei der Transportgesellschaft *Nord-Sud* von dir erzählt. Sie stellen Leute ein.«

Bei Monsieur Bernard verdiente ich einen Franc.

»Glaubst du wirklich, dass die mich wollen?«

»Die nehmen jeden, der sich bewirbt. In Paris gibt's keine Männer mehr.«

Die Concierge sitzt noch immer vor der Tür. Im Vorbeigehen fragt meine Mutter sie:

»Kein Brief gekommen?«

»Nein, Madame Decamp. Wissen Sie, keiner kriegt mehr Post.«

Langsam gehen wir die Treppe hinauf.

Im sechsten Stock angekommen, öffnet meine Mutter seufzend die Tür.

»Trotzdem könnte dein Vater mal schreiben. Was treibt er bloß?«

»Wir müssen Vertrauen haben. Sieh mal, wenn mir jemand erzählt hätte, dass ich morgen hundert Sous verdiene …«

»Das ist nicht dasselbe. Henri war schon immer ein nachlässiger Mensch.«

»Dabei kämpft er nicht mal, er ist bei der Landwehr.«

Wir essen Abendbrot.

Danach legt meine Mutter sich ein Tuch um die Schultern.

»Meine Chefin will dir einen Empfehlungsbrief mitgeben. Komm.«

Wir sind da.

Meine Mutter klopft an.

»Du wirst sehen, sie ist eine äußerst liebenswürdige Person«, flüstert sie.

Eine Frau erscheint.

»Guten Abend, Madame Harbulot«, sagt meine Mutter. »Darf ich Ihnen meinen Sohn vorstellen.«

»Das ist ja schon fast ein Mann. Er sieht Ihnen ähnlich. Freut er sich über die Stelle?«

»Sehr. Nicht wahr, du freust dich? Komm schon, hast du die Sprache verloren? … Na ja, er ist eben noch ein Kind.«

Wir gehen ins Wohnzimmer.

Ich halte meine Mütze in der Hand und wage es

nicht, mich zu rühren. Ich komme mir plump und ein wenig lächerlich vor. Ich hätte mich umziehen sollen. Ich blicke auf. Madame Harbulot sitzt an einem intarsienverzierten Sekretär. Sie trägt einen seidigen, rosafarbenen Morgenmantel, der ihr Dekolleté frei lässt und die Arme nur zur Hälfte bedeckt. Das schwarze Haar fällt ihr in den Nacken. Leicht nach vorn gebeugt, schreibt sie, ihre Hand gleitet über einen blauen Bogen Papier.

Sie hebt den Kopf. Sie zwinkert, ein unmerkliches Lächeln umspielt ihren Mund. Ich werde rot. Wäre ich mutig genug, würde ich sie immerfort ansehen.

Sie gibt mir einen Umschlag.

»Hier. Und kommen Sie mich bald wieder besuchen, junger Mann, abgemacht? Sie müssen mir erzählen, ob Sie mit Ihrer Stelle zufrieden sind.«

Schüchtern drücke ich die weiße Hand, die sie mir entgegenstreckt.

Wir gehen.

»Und, was hab ich dir gesagt? Für eine Chefin ist sie doch ungeheuer nett, oder?«, fragt meine Mutter.

»Und wie.«

»Hast du das Wohnzimmer gesehen? All die Möbel, die Teppiche. Wirklich schön. Aber so was will auch gepflegt werden.«

Ich habe den Umschlag in die Innentasche meiner Jacke gesteckt, nah an meiner Brust. Er verströmt denselben Duft, den ich auch im Wohnzimmer gerochen habe. Ich schließe halb die Augen: Madame Harbulot.

Mein Herz schlägt schneller, ich öffne den Mund, als würde ich nach Luft schnappen.

An meine Mutter gewandt, frage ich:

»Ist deine Chefin verheiratet?«

»Nein.«

»Was tut sie denn den ganzen Tag?«

An der Wand hängen Karten und Pläne. Am Fenster sitzt ein Mann hinter einem überladenen Schreibtisch. Ich reiche ihm meinen Empfehlungsbrief und warte.

Nachdem er ihn gelesen hat, lehnt er sich in seinem Sessel zurück und mustert mich eingehend.

»Wie alt bist du?«

»Fünfzehneinhalb, Monsieur.«

»Sieht man dir nicht an. Bist du Schlosser?«

»Ja. Hab meine Lehre beendet.«

»Willst du Wagenwäscher werden? Du würdest fünf Francs verdienen. Für einen Burschen wie dich …«

Ich nehme an.

Trotzdem bin ich enttäuscht, ich hatte mir etwas anderes vorgestellt. Was genau, weiß ich nicht. Ich habe Madame Harbulots Brief als eine Art Talisman betrachtet. Ich war froh, schmiedete Pläne. Jetzt löst sich alles in Luft auf.

Ein Angestellter führt mich zum Depot: mehrere, zum Teil verglaste Hallen aus Metall, in denen die Züge stehen.

Die Hände zum Trichter geformt, ruft er: »Lesueur! Verstärkung.«

Ein rotgesichtiger kleiner Mann mit Bart kommt an. Leicht krumm und seltsam ausstaffiert mit einem schmutzigen Kittel und einer Ledermütze, auf der Blitze glänzen.

Er betrachtet mich mit leicht zusammengekniffenen Augen.

»Mannomann«, brummt er. »Im Moment stellen die echt jeden ein. Wo bist du her?«

»Ich war Schlosser.«

»Schlosser? In meiner Truppe gibt's nur Wagenwäscher. Du bist jetzt Wagenwäscher. Zieh dich um.«

Ich laufe neben Lesueur her. Er ist kaum größer als ich, dafür kräftiger, aber das liegt am Alter. Das rechte Bein zieht er leicht nach. Er erkundigt sich, wie ich heiße, und sagt noch einmal: »Von heute an bist du Wagenwäscher, kapiert?«

Ich antworte:

»Ist so gut wie jeder andere Beruf.«

Er bleibt stehen und grinst.

»Du wirst den Besen schwingen, Kleiner. An die Fenster lassen wir Grünschnäbel wie dich nicht ran.«

Ich steige in einen Waggon. Mehrere Männer schmieren die Scheiben mit Schlämmkreide ein. Ich rufe eine Begrüßung, doch sie antworten nicht.

Als ich zu fegen beginne, wirbeln Staubwolken auf.

Jemand ruft:

»Nicht so hastig, Neuer. Zuerst den Boden nass machen! Dafür musst du nachher eine Runde spendieren.«

Ich mache den Boden nass. Als der Waggon sauber

ist, mache ich im nächsten weiter. Bei Monsieur Bernard ist es mir nicht besser ergangen, meistens wurde ich als Hilfsarbeiter oder Laufbursche eingesetzt. Und dort verdiente ich keine fünfzig Centimes in der Stunde!

Eine Sirene ertönt.

Die Wagenwäscher steigen von ihren Leitern, ich stelle meinen Besen hin. Wir gehen in die Kantine. Ich setze mich ein Stück weg von meinen neuen Arbeitskameraden, diesem Sammelsurium aus Greisen, schmächtigen Wesen und ganz jungen Burschen. Ich hole ein Kochgeschirr aus meinem Beutel, dazu Brot und einen Viertelliter Wein. Ich esse. Ich denke daran, was ich heute Abend alles meiner Mutter erzähle, die unvermeidlichen Fragen, die sie stellen wird: »Waren sie nett zu dir? Bist du sehr müde?«

Ein Mann mit fahlem Gesicht setzt sich schnaufend zu mir.

»Und, wie ist der Job?«, fragt er.

»Geht so. Ob das hier oder was anderes …«

»Klar. Das Wichtigste ist im Moment, dass man seine Brötchen verdient. Alles andere wird man nach dem Krieg sehen. Ich war früher Lagerverwalter. Und du?«

»Kunstschlosser.«

Er hält ein Päckchen Tabak und Papier in der Hand. Er dreht sich eine Zigarette und reicht das Päckchen mir.

»Ich weiß nicht, wie rauchen geht.«

»Dann solltest du's lernen. Ah, wir müssen wieder!«

Der Nachmittag zieht sich.

Die Wagenwäscher bringen die Scheiben zum Glänzen. Während ich fege und die Sitzbänke trocken wische, summe ich vor mich hin. Doch der Tag kommt mir lang vor, die Arbeit eintönig. Ein paar Arbeiter haben sich auf den Boden gehockt. Ich getraue mich nicht, es ihnen gleichzutun, aus Angst, Lesueur könnte plötzlich auftauchen. Manche spielen Karten, andere halten ein Schwätzchen.

»Es heißt, die Deutschen haben die Marne überquert.«

»Sollen sie ruhig. Unsere Geschütze in der Festung Toul erwarten sie bereits.«

»Außerdem sind die Engländer da!«

»Trotzdem, was treiben unsere Befehlshaber bloß?«

Ich erschaudere. Und mein Vater? Wo ist er? Wie gern würde ich ihm schreiben, dass ich Arbeit gefunden habe. Ich höre auf zu fegen, im selben Moment kommt Lesueur.

»Hör mal, benutz ruhig die Arme zum Arbeiten! Und heut Abend gibst du einen aus, klar?«

Um sechs Uhr abends verlassen wir die Hallen.

Wir kommen zur Porte de Versailles. Dort ist man gerade dabei, die Straße nach Issy-les-Moulineaux aufzureißen. Ein Stück weiter werden Schützengräben ausgehoben und Maschinengewehre aufgestellt. Auf der Böschung der Festungsmauern verlegt man Draht, der später unter Strom gesetzt werden wird. Vor die Gitter des Zollhauses kommen mit Schießscharten versehene Bretter. Zeitungsverkäufer rufen: »Sonderausgabe!«

Die Leute schauen zum Himmel. »Heute kommen keine TAUBEN.«

Wir setzen uns draußen vor eine Kneipe. Jeder bestellt einen Aperitif. Man empfiehlt mir einen »Amer-Picon«, Bitterlikör.

Von unserem Platz aus verfolgen wir die Schanzarbeiten, die wir lautstark erörtern. Lesueur klatscht in die Hände und bestellt die nächste Runde. Ich trinke, rauche meine erste Zigarette. Stimmengemurmel, Satzfetzen dringen an mein Ohr: »Paris wird bis zum Ende widerstehen … Gallieni … Joffre … Mit unseren 75er-Kanonen …« Auch ich gebe lautstark Kommentare von mir. Ich betrachte mich wie in einem Spiegel. Ich fühle mich ebenso frei in meinen Handlungen wie meine Arbeitskameraden, ich bin wie sie, verdiene genauso viel wie sie!

Lesueur steht auf, ich zahle die Rechnung.

Einen pelzigen Geschmack im Mund, die Beine schwer, mache ich mich auf den Weg nach Hause.

Als meine Mutter mir einen Kuss geben will, weicht sie zurück.

»Du hast geraucht, Petit-Louis. Und getrunken auch!«

»Die neuen Kollegen …«

Sie fällt mir ins Wort.

»Lässt du dich etwa auch so verleiten wie dein Vater? Zeig ein bisschen mehr Willenskraft. Sonst bist du bald krank.«

Wir setzen uns an den Tisch. Ich esse nur widerwillig.

»Da siehst du, was Alkohol mit einem macht«, sagt meine Mutter. »Besser, du wärst gleich heimgekommen. Wie war's heute? Erzähl schon.«

»Also, zuerst war ich verwirrt. Ich dachte, ich komme in eine Werkstatt wie die von Monsieur Bernard. Aber dort ist es wie in einem Bahnhof. Die ganze Zeit fahren U-Bahn-Züge herum. Manche kommen aus dem Untergeschoß, die fahren zum Waschen. Ich bin im Wartungstrupp. Ich putze also auch, genau wie du, Mama.«

»Bist du gar nicht müde?«

»Ach, weißt du, besonders anstrengend ist es eigentlich nicht.«

»Das ist bei allen Verkehrsgesellschaften so. Umso besser! Nach der Arbeit war ich mit den Nachbarinnen an der Gare de la Chapelle. Dort kam gerade ein Zug mit Verwundeten durch. Das geht mir immer noch nach. Sie lagen in Viehwaggons, auf Stroh. Wir durften zu ihnen und haben ihnen Obst, ein paar Flaschen Bier und Zeitungen gebracht. Ein Dragoner hat mir einen Rosenkranz geschenkt. Der bringt uns bestimmt Glück, glaubst du auch?«

Ich getraue mich nicht zu antworten. Immer häufiger und mit wachsender Angst denke ich an meinen Vater. Ich erwähne seinen Namen.

»Dein Vater muss nicht kämpfen. Das wäre ungerecht, in seinem Alter.«

Ich gehe zum Fenster und lehne mich hinaus. Die gellenden Pfiffe der Lokomotiven zerreißen die Stille, der Himmel wird in regelmäßigen Abständen vom

Lichtstrahl eines Scheinwerfers erleuchtet. Ich spitze die Ohren. Mir scheint, als hörte ich das Donnern von Geschützen.

Ich stoße einen langen Seufzer aus.

»Komm, gehen wir schlafen«, sagt meine Mutter. »Dann müssen wir nicht mehr nachdenken.«

IV

Wenn ich abends von der Arbeit komme, bleibe ich nicht mehr an der Wohnung der Hausmeisterin stehen. Ich bin zu oft enttäuscht worden. Seit Krieg ist, haben uns alle vergessen, wir bekommen nie Post.

Da ruft mich die Concierge zurück:

»Petit-Louis! Eine Postkarte von deinem Vater.«

Ich reiße sie ihr aus der Hand. Lesen kann ich sie allerdings nicht. Wegen *Rationierungsmaßnahmen* wird das Gaslicht unten im Hausflur nicht mehr eingeschaltet.

Immer drei Stufen auf einmal nehmend stürze ich die Treppe hinauf.

Ich klopfe, meine Mutter öffnet die Tür.

»Du machst ja ordentlich Krach. Was ist denn los?«

»Eine Nachricht von Papa!«

Wir gehen zur Lampe, und ich lese vor: »Macht euch keine Sorgen, alles läuft prima. Ich bin wohlauf. Henri.«

Ich richte mich auf.

»Wohlauf! Siehst du, Mama!«

»Ja schon ... aber von wann ist die Karte überhaupt?«

Sie dreht sie um.

»Ach, sieh mal, er ist in Pogny-sur-Marne, die Zensur hat nichts geschwärzt! Ich frage mich, was er dort in der Gegend treibt. Ist das weit weg?«

Nach der Marneschlacht habe ich eine Karte vom Nordosten Frankreichs gekauft und sie an der Wand aufgehängt.

»In Pogny-sur-Marne? Dann gehört er bestimmt zur Zentrumsarmee.«

»Sicher.«

Ich begebe mich auf die Suche. Ich stecke ein paar von den englischen und französischen Fähnchen um, mit denen ich seit unserem Sieg den Vormarsch unserer Truppen markiere.

»Findest du's nicht?«, fragt meine Mutter.

»Hier!«, rufe ich im selben Moment. »Da ist es. Zwischen Châlons und Vitry-le-François, an der Straße dort … Siehst du's? Warte, ich stecke ein Fähnchen rein.«

Meine Mutter guckt sich das an, denkt nach und gerät plötzlich in Rage.

»Das ist ja ganz in der Nähe der Front! Die Landwehr sollte eigentlich im Hinterland bleiben und die Straßen bewachen. Das ist nicht fair! Ihr Krieg ist zu gar nichts nütze, er wird uns nur ins Unglück stürzen.«

Gepackt von Zorn reißt sie die von mir mit so viel Geduld arrangierten Fähnchen aus der Karte und sinkt zitternd auf den Stuhl, auf dem mein Vater an jenem Augustabend zum letzten Mal gesessen hat.

Wie sehr sie in den letzten Wochen gealtert ist! An den Schläfen sind ihre Haare weiß, und inzwischen sind es zu viele, als dass ich sie wie zu Kinderzeiten einfach so auszupfen könnte. Die Falten auf ihrer Stirn sind tiefer geworden, und um ihre blassen Lippen herum haben sich neue gebildet. Ich kann mich noch gut erinnern, welche Ängste sie jedes Mal ausstand, wenn mein Vater nicht pünktlich von der Arbeit kam. Nicht auszudenken, was sie jetzt durchmachen muss.

Plötzlich steht sie auf und verkündet:

»Wir fahren ihn besuchen.«

Der Schreck fährt mir in die Glieder. Mit heiserer, seltsam fremder Stimme wiederholt sie:

»Wir fahren. Mach dich fertig.«

»Aber Mama, weißt du eigentlich, was du da sagst.«

Doch sie hört gar nicht hin und studiert bereits den Frontverlauf auf der Karte.

»Wir nehmen den Zug von der Gare de l'Est.«

»Aber wir haben doch gar keinen Passierschein. Und überhaupt, wie sollen wir das schaffen?«

»Du gehst mir wirklich auf den Nerv, Petit-Louis! Ich bin schließlich kein Kind mehr!«

Allmählich geht ihr Vertrauen auf mich über. Sie zieht sich an, wirft ein paar Dinge in eine Tasche und stopft zwei Hundertfrancscheine in ihr Portemonnaie.

Dann sieht sie sich ein letztes Mal im Zimmer um.

»Machen wir schnell«, sagt sie und lächelt fröhlich. »Auf zur Gare de l'Est!«

… Der Schnellzug nach Châlons wird bereitgestellt, wir reisen in der Holzklasse. Es kommen noch mehr Fahrgäste, Männer und Frauen, allesamt schwer bepackt. Es sind Evakuierte auf dem Weg zurück in ihre Dörfer.

Der Zug setzt sich in Bewegung.

Ich strecke den Kopf aus der Wagentür. Endlich bekomme ich was zu sehen von der Welt!

Offenbar ist vor uns ein Truppentransport mit Artillerie unterwegs, wir kommen nur langsam voran. Schließlich nähern wir uns dem Schlachtfeld. Ich sehe niedergebrannte Bauernhöfe in der Landschaft, Gräber, zerstörte Dörfer, vielleicht die, die durch die offiziellen Bekanntmachungen Berühmtheit erlangt haben. Ich male mir aus, wie ich meinen Freunden in der Fabrik von der Reise erzähle.

Wir überqueren die Marne.

Der Zug bleibt stehen, das Licht im Waggon geht aus.

»Was ist das? Doch nicht etwa eine TAUBE?«

»Ach was! Nachts können die nicht fliegen.«

Das rote Licht einer Laterne, Schritte am Bahndamm. Zwei Soldaten, das Gewehr geschultert, laufen an uns vorbei. Ich würde sie befragen, wenn ich den Mut dazu hätte. Mit einem Pfiff ruckt der Zug an und setzt seine Fahrt durch die Dunkelheit fort.

Meine Mutter erklärt der Frau neben ihr, dass wir auf dem Weg zu meinem Vater seien. Im Schein einer Kerze zeigt sie ihr die Postkarte. Hier und da jammert wer vor sich hin. Eine Weile kämpfe ich gegen die Müdigkeit an, dann sinkt mein Kopf auf die Schulter meiner Mutter.

Es ist schon hell, als ich wie gerädert und mit glühendem Schädel erwache.

»Wir sind da«, sagt meine Mutter. »Reiß dich am Riemen. Nicht dass uns die Gendarmen schnappen, du weißt schon.«

Wir steigen aus dem Zug und mischen uns unter die Evakuierten, die schubsend und schreiend ihre riesigen Bündel wegschleppen. In dem allgemeinen Gedränge schaffen wir es rasch nach draußen. Eine Weile irren wir herum, dann gelangen wir an einen Platz.

»Lass uns in ein Lokal gehen«, sagt meine Mutter. »Dort frage ich nach dem Weg.«

Wir trinken heißen Kaffee. Der Wirt gibt meiner Mutter Auskunft.

Wir brechen auf.

Kein Mensch auf den Straßen, in den Häusern ist es still.

»Was für ein Kaff!«, brummt meine Mutter.

Mit glühendem Blick, die Zähne aufeinandergepresst, stürmt sie voran.

Wir kommen durch eine Vorstadt. Noch ein paar Häuser, Gärten, eine aufgelassene Fabrik, dann breiten sich mit einem Mal unter einem trüben Himmel zu beiden Seiten der menschenleeren Straße endlos Felder aus.

Meine Mutter murmelt:

»Es ist zum Ersticken.«

Sie setzt ihren Hut ab, zieht den Mantel aus. Ich mache es mir ebenfalls bequemer, streife die rote, mit Blitzen bestickte Armbinde ab, die sie mir bei der *Nord-Sud* gegeben haben. Wir gehen weiter. Ständig schaue ich mich um. Châlons ist nicht mehr zu sehen, nur noch das Gehöft, an dem wir vorhin vorbeigekommen sind und wo ein Hund bellte.

»Das müssen an die zehn Kilometer gewesen sein«, meint meine Mutter.

Ich werfe einen Blick auf einen Grenzstein: acht Kilometer.

Wir sind schon seit knapp zwei Stunden unterwegs. Und das in diesem Tempo …

Meine Mutter strauchelt.

»Mit diesen Absätzen breche ich mir noch die Beine.«

Als wir in Châlons losliefen, war sie noch zum Plaudern aufgelegt. Jetzt schweigt sie, teilt sich ihre Kräfte ein. Sie geht langsamer. Schließlich bleibt sie stehen und setzt sich schwer atmend an die Böschung.

Ich lege mich neben sie.

»Geht's dir sehr schlecht?«

Sie schüttelt den Kopf und antwortet zerstreut:

»Ach was, der Kaffee hat mir gutgetan.«

Ihr Gesicht wird belebt von einem schmerzerfüllten, unbeugsamen Willen. Sie ist *keine Memme*! Schon ist sie wieder auf den Beinen. Aufrecht steht sie in ihrer dunklen Straßenkleidung vor mir und sagt in harschem Ton:

»Hoch mit dir, Petit-Louis. Wir dürfen keine Zeit verlieren.«

Ich spüre, wie die Müdigkeit der Nacht mich lähmt. Und dabei liegt noch so ein weiter Weg vor uns!

Wir kommen durch einen verlassenen Weiler. Ein Gehöft steht dort, die Mauern brandgeschwärzt, die

Fensterläden lose, die Türen stehen offen. Vor einem Monat noch haben sie sich auf dieser Straße gegenseitig umgebracht.

»Da vorn, Soldaten!«, ruft meine Mutter plötzlich.

Sie kommen aus einem heckengesäumten Weg. Gebeugt unter dem Gewicht ihrer Tornister, zerlumpt und schmutzig, trotten sie ohne jede Ordnung dahin, jeder mit einer Hacke oder Schaufel in der Hand.

Meine Mutter rennt auf sie zu.

»Sind Sie vom 1. Pionierregiment?«

»Ja.«

»Kommen Sie aus Pogny-sur-Marne?«

Ein Unteroffizier gibt meiner Mutter Antwort. Die fünfte Kompanie, zu der mein Vater gehört, hat vor einer Woche südwestlich von Châlons Quartier bezogen, in Matougues.

»Ist das weit von hier?«

»Wenn Sie sich ranhalten, können Sie es bis zum Abend schaffen.«

Wir sehen, wie sie sich schweigend und gleichmütig entfernen, den Kopf gesenkt, ihr Gang schleppend und schwankend wie der von Landstreichern.

»Ich frage mich, ob dein Vater genauso ist«, murmelt meine Mutter.

Um Châlons zu umgehen, wo wir vielleicht auf Gendarmen treffen könnten, nehmen wir an einer Wegkreuzung eine andere Straße. Das platte Land ist schrecklich. Kein Dorf, kein einziger Bauernhof. Der Wind hat sich gelegt, der Himmel wird immer dunkler, kurz darauf fängt es an, zu regnen. Der Regen peitscht von allen Seiten, rinnt über unsere Kleidung, dringt in sie ein. Der Weg wird rutschig, wir waten durch Pfützen, und unsere löchrigen Schuhe saugen sich mit Wasser voll. Ich sage mir: »Unsere Soldaten befinden sich in der gleichen Lage.«

Manchmal bleibt meine Mutter stehen oder wird langsamer. Ich passe mich ihrem Tempo an. Ich höre ihren keuchenden Atem. Sie geht mit hängenden Armen, das Kleid schlammverschmiert, das Haar und Gesicht tropfnass von Schweiß und Regen.

»Ist es noch weit?«, fragt sie mich.

Ungefähr zwanzig Kilometer, hat man uns gesagt.

Mit fester Stimme antworte ich:

»Komm. Bald ist's geschafft.«

Nie im Leben werden wir ankommen. Wir wanken vor Müdigkeit. Was macht schon der Regen! Allmählich schwindet meine Kraft. Jetzt ist es meine Mutter, die mir gut zuredet, mich auf die Stirn küsst, mir den Arm reicht und sanft sagt:

»Na los, Petit-Louis, halte durch. Wir sind gleich da.«

Plötzlich sehen wir eine Kirche, Häuser. Auf einem Wegweiser lesen wir: Matougues, achthundert Meter. Lächelnd sehen wir uns an, schütteln uns wie Hunde trocken.

»Eine schöne Bescherung!«, meint meine Mutter.

Am Straßenrand stehen Wagen, die mit Metallbooten beladen sind. Ein Soldat bewacht sie.

»Sind sie bei der Fünften Kompanie? Kennen Sie einen gewissen Decamp?«

Er schüttelt den Kopf. Ein paar Soldaten kommen vorbei.

»Decamp?«, ruft einer von ihnen. »Und ob ich den kenne. Wir schlafen zusammen ... Kommen Sie mit.«

Wir folgen ihm. Meine Mutter drückt meine Hand so fest, dass es wehtut. Wir überqueren eine schmale Straße und betreten einen verschlammten Gutshof. Vor der Scheune bleibt unser Führer stehen und hebt den Kopf.

»Decamp! Du wirst verlangt!«

»Was gibt's denn?«

Die Stimme meines Vaters!

Oben taucht ein Mann auf. Einen Fuß auf der Leiter, stockt er plötzlich, blinzelt, weicht zurück und streckt schließlich stotternd die Arme aus.

»Petit-Louis ... Jeanne.«

Er steigt herunter.

Ich sinke in seine Arme, er bedeckt mein Gesicht mit Küssen, dann schiebt er mich weg und drückt meine Mutter an sich.

Sie schluchzt.

»Wie anders du aussiehst ... so dünn.«

Der Mann, der uns hergeführt hat, verpasst ihm einen Klaps auf die Schulter.

»Ihr solltet froh sein! Er lebt.«

»Fragt Boiteux«, bestätigt mein Vater. »Wir lassen uns keine grauen Haare mehr wachsen.«

Wir begleiten ihn rauf auf den Heuboden, wo der Trupp haust. Er weist in eine dunkle Ecke. Ein Gewehr, eine Tasche, Wäsche und Stiefel liegen dort herum.

»Hier schläfst du?«, fragt meine Mutter.

Er streckt sich auf ein Bündel Stroh.

»Siehst du, ist genauso gut wie ein Bett.«

»Aber hier zieht's doch überall ... Und wo isst du überhaupt? Wo wäschst du dich? Wer kümmert sich um deine Kleidung?«

»Wir kommen schon zurecht, Jeanne. Weißt du, jeder neue Monat ist immer besser als der davor.«

Wir setzen uns.

Mein Vater spricht tonlos und stockend, als müsse er nach bestimmten Wörtern erst in seinem Gedächtnis kramen. Nur mit Mühe fallen ihm wieder die ersten Tage nach der Mobilmachung ein. Dann drängen andere Erinnerungen aus ihm heraus, er gerät in Zorn und fuchtelt mit den Händen durch die Luft.

»Wenn man bedenkt, dass wir es ohne einen Schuss bis zur Grenze geschafft haben. Und zwei Tage später der Rückzug. Keine Vorgesetzten mehr, kein Nachschub. Jeder für sich. Wir haben die Ausrüstung einfach an der Straße liegen lassen. Sonst wären wir draufgegangen!«

Er lacht höhnisch und zuckt mit den Schultern. Sein Gesicht verdüstert sich.

»Na kommt«, seufzt er. »Ich führe euch ein bisschen in dem Nest rum.«

Wir steigen hinunter.

Mein Vater bittet den Bauern, uns für ein paar Tage unterzubringen. Inzwischen hat das Gerücht von unserer Ankunft die Runde gemacht. Wir machen Bekanntschaft mit ein paar Parisern, die Neues aus der Hauptstadt erfahren wollen. Brave Familienväter, die nicht sonderlich kriegerisch wirken. Sie bezeichnen meinen Vater als Glückspilz, lächeln seiner *Angetrauten* und dem *Sohnemann* zu. Dann stelle ich ihnen alle möglichen Fragen. Ich rede von unserem Sieg an der Marne, von Wilhelm, diesem Übergeschnappten, der dachte, er könne uns die Champagne wegnehmen!, von den Heldentaten unserer senegalesischen Schützen, der Stärke unserer 75er-Kanonen. Sie antworten nur mit einem Grummeln, bevor sie schließlich ganz verstummen.

Männer führen Pferde zur Tränke, andere fegen die Straße, verrichten irgendwelche Dienste, halten Wache.

Die Hände in den Taschen, geht mein Vater mit fröhlichem Gesicht neben uns her. Er zeigt uns das Rathaus, wo der Führungsstab untergebracht ist, und die beiden Kneipen, in denen sie abends Karten spielen.

Wir kommen zur Fernstraße, die von schönen Bäumen gesäumt wird. Weit hinten verschwindet sie in der Ebene. Wir sind allein, wir drei, wie früher.

»Seltsam«, meint meine Mutter.

»Wir sind's eben einfach nicht mehr gewöhnt«, sagt mein Vater.

Ich fasse ihn am Arm und verkünde:

»Mama hat noch nichts erzählt, aber ich verdiene jetzt hundert Sous am Tag!«

»Du hast eine neue Stelle gefunden, Petit-Louis?«

Ich berichte ihm von meiner Arbeit, meinem derzeitigen Leben. Aufmerksam hört er mir zu, und ich bin mit Stolz erfüllt. Meine Mutter nickt lächelnd.

»Also, das ist wirklich eine Überraschung!«, meint er. »Jetzt bist du also beinahe das Familienoberhaupt.«

Für den Rückweg nach Matougues nehmen wir eine andere Straße. Wir schweigen. Wir hatten uns tausend Dinge zu erzählen, wollten uns Geheimnisse und Pläne anvertrauen. Aber das Glück ist so überwältigend, dass wir unbeholfen wie Halbwüchsige sind. Wir kommen an die Marne. Es nieselt, das Wasser ist schlammfarben, das Ufer kahl und verwaist.

»Du angelst doch so gern, Papa.«

Er zuckt die Schultern und zeigt mir eine Brücke, die gerade repariert wird.

»Und die Arbeit?«

Eine Abkürzung führt über den Friedhof. Gleich vorn am Eingang liegt an einem Holzkreuz auf einem Grab ein Käppi.

»Ein Freund«, sagt mein Vater und nimmt seine Kopfbedeckung ab. »Er war schwermütig.«

Ich erschaudere.

Er fasst meine Mutter am Arm.

»Aber nicht mehr lange«, versichert er uns. »Weihnachten sind wir wieder da.«

Ich will ihn an mich drücken, ihm sagen, dass er mit uns fliehen soll.

V

Die Wohnung von Madame Gallais sieht genauso aus wie unsere. Allerdings ist sie nicht ganz so vollgestopft, so dass mehrere Personen bequem darin Platz finden. Meine Mutter verbringt hier gern in Gesellschaft der Nachbarinnen die Abende.

Marie Primault, blasses Gesicht und wache Augen, das Haar in die Stirn gekämmt, stopft unter der Lampe Wollstrümpfe. Louise Thévenard, eine rotgesichtige Rüstige, näht leise schnaufend. Rose Gallais summt einfach nur vor sich hin. Ich sitze ein wenig abseits und lese Zeitung.

Meine Mutter strickt einen Pullover für meinen Vater. Plaudernd durchlebt sie noch einmal ihre Erinnerungen an Matougues.

»Ich hab Henri fegen sehen«, sagt sie, »er hat Fahrzeuge gewaschen und Gemüse geputzt. Was sagt man dazu, ausgerechnet er, der nie Geduld hatte! Hier in Paris ließ er sich nichts gefallen von seinem Chef. Jetzt heißt es Mund halten. Sein Vorgesetzter ist nicht sehr umgänglich, so ein Dicker: Sie nennen ihn Wampe.«

Louise Thévenard hebt den Kopf.

»Gehorchen. Gaston mochte das auch nie besonders. Aber mich herumkommandieren, das konnte er!«

»Wenn wir zusammen waren«, fährt meine Mutter

fort, »haben sie ihn jedes Mal zum Arbeiten geholt, als ob es Absicht wäre. Er musste mit, ansonsten: ab ins Gefängnis! Wir haben uns dann immer hinterher getroffen. Ich beschwere mich nicht, wir hatten schöne Momente. Zum Glück, denn die Reise war wirklich anstrengend. Mehr als dreißig Kilometer bin ich über Land marschiert, wo ich doch sonst nie zu Fuß gehe, noch dazu im Regen! Heute weiß ich, wie leichtsinnig das war. Das hätte nicht jeder geschafft!«

»Bestimmt nicht«, sagt Louise Thévenard. »Wenigstens sind Sie jetzt beruhigt, Sie wissen, wie es Ihrem Mann ergeht.«

»Ja. Sie besorgen in der Nacht den Nachschub für das Heerlager in Châlons. Keine allzu gefährliche Aufgabe. Trotzdem sie sind völlig erledigt, wenn sie morgens zurückkommen, außerdem schmeckt der Kaffee dort scheußlich!«

»Mein Mann schreibt auch, dass die Versorgung schlecht ist«, erklärt Marie Primault.

»Ich habe zusammen mit ihnen gegessen. Fragt meinen Sohn, der Fraß dort ist wirklich ekelhaft. Sie haben keine richtigen Köche. Sie essen, was man ihnen vorsetzt und als Entschädigung gibt's umso mehr Wein, oh!, zu Hause hätte ich ihm ordentlich was erzählt. Zweimal die Woche schicke ich ein Päckchen.«

»Ja, Sie können das«, unterbricht Rose Gallais. »Sie haben ja auch Ihren Sohn, der mitverdient. Nicht wahr, junger Mann?«

Jeder Satz meiner Mutter rief mir meinen Vater vor

Augen. Ich sah wieder seine Gesten vor mir, die mich so überrascht hatten. Ich hörte seine einfachen, ruhigen Worte. Ein- oder zweimal hatte ich gesehen, wie er plötzlich die Fäuste ballte und die Lippen zusammenpresste.

»An dem Abend, als wir zum Bahnhof gebracht wurden«, sagt meine Mutter, »hatte Henri Stalldienst. Er hat alles stehen und liegen lassen, um uns noch einmal zu umarmen. Er lief hinter dem Wagen her und rief: ›Bis bald! Das Schwierigste ist geschafft!‹ Und dann, hinter einer Kurve, war er nicht mehr zu sehen.«

Sie hört auf zu stricken.

»Sie sehen ihn wieder«, sagt Marie Primault. »Es heißt, sie bekommen bald Urlaub. Doch. Fragen Sie Ihren Sohn.«

»Das stimmt. Ich hab's in der Zeitung gelesen.«

»Du und deine Zeitung! Was steht denn heute Abend wieder drin?«

»Für's Frühjahr ist eine Offensive geplant.«

»Besser wär's, das Ganze würde sofort aufhören. Es gibt schon genug Opfer. Allein hier im Haus drei Leute.«

»Vielleicht sind sie ja in Gefangenschaft geraten«, wirft Louise Thévenard in den Raum.

»Wohl kaum! Wir werden nie erfahren, was aus ihnen geworden ist.«

Ich glaube genauso wenig wie meine Mutter, dass wir Bouleau, Ambroise und Dazin jemals wiedersehen werden. Außerdem soll Moncel tot sein, der 1913 zur

Armee gegangen ist. Ein lässiger Bursche, der den Mädchen nachstellte, und den ich für seine Stärke bewunderte. Er hatte mich unter seinen Schutz genommen und auf der Straße gegen böse Schulkameraden verteidigt. Er ist in Charleroi gefallen.

»Petit-Louis, möchten Sie einen Glühwein?«, fragt Rose Gallais.

Ich blicke zu Boden. Ich ertrage nicht, wie sie mich ansieht, mit diesem zärtlichen und unergründlichen Blick, mit dem auch Madame Harbulot mich angesehen hat.

Rose Gallais sprach nie vom Krieg. Ihrem Ehemann konnte nichts passieren, er war Soldat in Rennes. Im Übrigen schien sie das alles wenig zu kümmern. Sie versammelte ihre Nachbarinnen bei sich daheim. »Seitdem die Männer weg sind, ist es so langweilig geworden bei uns im Haus«, sagte sie gern. Also hatte ich eines Abends meine Mutter begleitet.

Das Gesprächsthema wechselt. Es wird gejammert: Auf dem Markt wird alles teurer. Es wird getratscht: Im dritten Stock gibt's so eine kleine Unscheinbare, die betrügt ihren Mann. Rose Gallais bringt Gläser. Sie schenkt mir ein.

»Was Starkes«, sagt sie zu mir, »steigt aber nicht zu Kopfe.«

Ihre Bluse steht offen, eine Haarsträhne fällt ihr ins Gesicht. Als ich wieder aufblicke, hat sich Rose Gallais entfernt. Sie kleidet sich besser als ihre Gefährtinnen. Sie ist jünger, ziemlich dünn und klein, aber lebhaft, mit geröteten Wangen und glänzenden Lippen, auf denen sie herumbeißt. Sie setzt sich und schnattert mit. Ihre Gesten sind heftiger als die von Madame Harbulot. Mein Herz pocht, das Blut schießt mir ins Gesicht.

»Du bist ja ganz rot, Petit-Louis«, bemerkt meine Mutter.

Ich erröte noch mehr. Mir scheint, Marie Primault und Louise Thévenard beobachten mich. Ich rücke meinen Stuhl vom Ofen weg. Rose Gallais sieht mich an, ihre Lider flattern, ein leichtes Lächeln umspielt ihren Mund. Mit hängenden Armen und schwerem Kopf sitze ich da. Ich werfe einen Blick in die Zeitung, sehe aber nur schwarze, verschwommene Zeichen.

»Glauben Sie, dass es dieses Jahr Frieden gibt?«, fragt mich Marie Primault.

»Ja. Die Offensive gelingt bestimmt.«

Ich reiße mich zusammen. Ich sage, warum ich darauf vertraue. Man hört mir zu, stellt weitere Fragen. Auf dem Gesicht meiner Mutter erkenne ich so was wie Stolz. Ich bin nicht mehr der Petit-Louis, der von seinen Freunden gehänselt wird. Ich spreche für eine Person, die mich immerfort aus dunklen Augen anblickt.

Meine Mutter steht auf.

»Wir müssen ins Bett.«

Louise Thévenard und Marie Primault sammeln ihr Handarbeitszeug zusammen.

Ich gehe als Letzter hinaus.

Rose Gallais legt ihre warme Hand in meine.

»Ich hoffe, Sie träumen süß«, flüstert sie mir zu.

Unsere Wohnung kommt mir stumm vor und leer.

Ich lege mich hin.

Kurz darauf höre ich meine Mutter schnarchen. Ich kann nicht schlafen. Ich wälze mich herum, stoße die Decke weg und das Bettzeug, das meine Haut auf seltsam lästige Weise streift. Ein unbestimmtes Verlangen quält mich.

VI

Allgemeiner Aufbruch, die genagelten Schuhe schurren über den Boden. Lesueur und seine Freunde gehen einen Kaffee trinken. Jetzt hocken in der Kantine nur noch ein paar schläfrige Typen, die Ellbogen auf dem speckigen Tisch, und zwei junge Burschen: mein Freund Tavernier und Hinkefuß Planchet, dessen Gesicht entstellt ist.

»Bist du noch am Essen, Quasimodo?«, fragt Tavernier.

Planchet schneidet eine Grimasse.

»Komm, wir gehen ohne ihn, Petit-Louis. Hier drinnen kommt man um vor Hitze.«

Er schiebt mich nach draußen. Eigentlich ist er ein guter Kumpel, dieser stämmige, raubeinige Schreihals, jedenfalls der Einzige aus der gesamten Truppe, dem ich mich anvertrauen kann.

Wir setzen uns in den Schatten, auf die Stufen vor den Büros. Tavernier raucht seine Pfeife, ich zünde mir eine Zigarette an. Mit überschlagenen Beinen, die Hände in den Taschen, lehnen wir an der Hauswand und haben unseren Spaß damit, die vorbeikommenden Leute zu betrachten. Tavernier guckt sich die Frauen an. Sind sie alt oder hässlich, macht er eine alberne Bemerkung. Plötzlich verpasst er mir einen Stoß in die Rippen.

»Die Brünette da vorn, gefällt sie dir?«

Er richtet sich auf. Zwinkernd und mit einer liebenswürdigen Geste ruft er ihr etwas zu. Doch sie geht über die Straße davon.

»Die hat zu mir rübergeäugt, Petit-Louis«, behauptet er. »Seitdem Krieg ist, haben wir eine Menge hübscher Mädels. Die schnapp ich mir schon noch.«

Mit seiner niedrigen Stirn und den roten Wangen, seinen weichen Lippen und dem strohblonden Schnurrbart wirkt er nicht gerade verführerisch. Trotzdem beneide ich ihn. Er spricht einfach so wildfremde Frauen auf der Straße an. Eines Abends nach Werkschluss habe ich gesehen, wie er ein junges Mädchen an sich presste. Er hat mir von seinen Abenteuern mit verheirateten Frauen berichtet. Ich bewundere seine unbekümmerte, dreiste Art.

»Wenn man eine flachlegen will, muss man frech sein«, sagt er.

Ich protestiere.

»Das würde aber nicht bei jeder klappen, Kumpel. Die Chefin meiner Mutter zum Beispiel …«

Er unterbricht mich.

»Natürlich, du brauchst bloß sentimental werden. Und dann? Guck mal, die da drüben, du wirst gleich sehen«, fügt er hinzu und reibt seine riesigen Pranken.

Ein junges Mädchen, fast noch ein Kind, kommt vorbei. Er steht auf und umschlingt ihre Taille. Ich rechne mit einer Abfuhr, doch sie nennt ihn bloß einen Spaßvogel, fängt an zu lachen und dreht sich um.

Er erklärt mir:

»Ich habe ihr erzählt, sie wäre hübsch. Das wollen sie alle hören.«

»Petit-Louis ist ja knallrot!«, johlt Planchet.

»Da bist du ja«, antwortet Tavernier. »Du musst dich gerade melden. So wie du aussiehst, dauert's noch ewig, bis du deine Unschuld verlierst!«

»Schon passiert, stell dir vor.«

»Kann nicht allzu lange her sein. Letzte Woche jedenfalls hattest du noch nie mit einer Frau geschlafen.«

Die Arbeiter kommen vom Café zurück: Eschtein mit seinen paar Brocken Französisch, Buzon junior, ein Lulatsch, der früher Gedichte geschrieben hat, Sigal, ein Kriegsversehrter, der fette Oger und Lesueur.

»Erzähl's uns, Quasimodo«, bettelt Buzon junior. »Eine Minute haben wir noch.«

»Ihr würdet mich eh bloß veräppeln.«

»Dann stimmt's also nicht, du bist immer noch Jungfrau.«

Planchet lässt sich überreden. Er gibt zu, am Sonntag zum ersten Mal im Puff gewesen zu sein. Seine Augen glänzen, Sabber tropft ihm aus dem Mund. Er erläutert das Ganze, seine grotesken Gesten sind mir zum Wegschauen peinlich.

»Bravo!«, ruft Buzon junior. »Wir glauben dir.«

Und an mich gewandt, in einem herablassenden, ironischen Ton:

»Was hältst du davon, mein kleiner Louis?«

Die Sirene ertönt, und wir gehen einer nach dem andern wieder rein. Den üblichen Witzeleien meiner Arbeitskameraden bin ich für diesmal entgangen.

Seit dem Morgen schon brennt die Sonne durch die Glasfront in die Halle. Der Geruch von Schmiere, Benzin und heißem Öl hängt in der Luft. Lustlos machen wir uns an die Arbeit. Auf den Gleisen kommen einer nach dem anderen die U-Bahn-Züge angerollt, mit ihren stinkenden, staubigen und dreckigen Waggons, deren Lackschicht mit Pottasche poliert werden muss, außerdem gehören die kupfernen Teile blank geputzt und die Fußböden gewischt.

Vor ungefähr einem Monat bin ich befördert worden. Ich arbeite jetzt mit Tavernier zusammen.

»Macht ein bisschen flott, Jungs«, befiehlt Lesueur. »Euer Zug geht in Kürze raus.«

Tavernier schmiert die Scheiben mit Schlämmkreide ein, ich reibe sie im Anschluss trocken. Das Reinigungszeug im Arm, gehe ich von einem Wagen zum nächsten. Um mich herum trödeln sie, man dreht Zigaretten, summt vor sich hin. Planchets Geschichte verfolgt mich, es kommt mir vor, als würde auf der Scheibe plötzlich der Körper einer Frau mit ihren Rundungen sichtbar. Ich bin wie gebannt. Ich weiche zurück. Mir kommen wieder Taverniers Abenteuer in den Sinn. Würde er bei uns im Haus wohnen, hätte er Rose Gallais längst geküsst.

Er könnte mich von den krankhaften Gelüsten, denen ich zuweilen nachgebe, bestimmt erlösen. Wenn er mich nun mitnähme in den Puff? Fesselnde Szenen tauchen vor mir auf, die Röte steigt mir ins Gesicht. Ich zittere. Glücklicherweise schaut niemand zu mir.

»Tavernier, gehen wir heute Abend zusammen weg?«

»Klar.«

Jeden Nachmittag gegen vier versammelt sich unser Trupp in einem Waggon. Lesueur, der sich von uns bewirten lässt, streckt sich mit der Zeitung in der Hand auf eine Sitzbank hin und doziert über seine Lieblingsthemen, Politik oder Krieg.

Sigal, Planchet, Buzon junior und Lesueur haben jeder eine Flasche Bier dabei. Andere kommen hinzu, setzen sich und fahren sich murmelnd über die Stirn.

»Noch gut zwei Stunden Plackerei«, verkündet Tavernier. »Was für ein Job!«

»Was würdest du wohl sagen, wenn du bei unseren Soldaten wärst«, erwidert Lesueur.

»Bin ich aber noch nicht, Opa.«

»Nein, du Grünschnabel. Aber bald. Wir haben erst Frieden, wenn wir in Deutschland einmarschiert sind.«

Sigal zuckt seelenruhig die Schultern.

»Das kann noch dauern«, brummt er.

»Und wieso? Wir müssten nur eine neue Offensive starten.«

»Eine neue Offensive? Ihr Zivilisten seid doch alle gleich!«

Sigal glaubte nicht an unseren Sieg. Er redete wie mein Vater und dessen Kameraden. Unsere Befehlshaber seien unfähige Leute. Ich tat mein Bestes, um ihn gegen alle anderen zu verteidigen. Lesueur, der ihn hasste, bezeichnete ihn als Boche und Defätisten.

Zögernd sage ich:

»Im Artois haben wir wieder an Boden verloren. Die sind genauso stark wie wir, Opa.«

Er stellt seinen Becher ab und runzelt die Stirn.

»Was mischst du dich schon wieder ein? Du machst doch noch in die Windel.«

Er grinst.

»Jungs, ich muss euch was erzählen. Heute Morgen ist Petit-Louis aufs Klo gegangen. Er schließt sich ein, um irgendwelche Bücher zu lesen. Ich wollte, dass er's zugibt. Also bin ich zu ihm hin, als er wieder zurückgekommen ist. Er war natürlich nicht drauf gefasst. Ich: ›Wo kommst du her? Wenn du's nicht sagst, setz ich dich vor die Tür.‹ Er fing fast an zu flennen und meinte: ›Ich hab gerade Aa gemacht.‹«

»Windelbaby!«, johlt Buzon junior.

»Ja. Und so was will mit uns diskutieren«, sagt Lesueur.

Allgemeines Gelächter, sie fragen, ob ich noch lesen lernen würde. Planchet quält mich weiter, indem er grimassierend wieder und wieder das lächerliche Wort ruft. Weder Tavernier noch Sigal verteidigen mich.

Ja, ich lese. Vor dem Krieg habe ich mir nichts aus Literatur gemacht, jetzt langweile ich mich, wenn ich kein Buch dabeihabe. Diese Schwachköpfe sind unfähig, mich zu verstehen. Nicht einer von ihnen hätte den Mut aufgebracht, nach Matougues zu fahren!

Ich mache mich wieder an die Arbeit.

»Petit-Louis, es ist Zeit, wir gehen«, sagt Tavernier. »Schmollst du etwa immer noch?«

Wir gehen.

»Lass sie reden«, meint er, als wir draußen sind. »Denkst du, mich haben sie nicht schikaniert? Als ich hier anfing, spielte Buzon junior sich andauernd auf. Irgendwann hab ich ihm eine Abfuhr erteilt, diesem Wichtigtuer. Ich bin sie so was von leid. Sobald ich kann, melde ich mich freiwillig, die werden noch Augen machen!«

»Sie sind allesamt Feiglinge.«

»Oger mit seinem Asthma, Buzon junior mit seinen Herzproblemen. Und dann Lesueur, ein dauerbesoffener Vorarbeiter. Ein Haufen Trottel, das sind sie.«

»Und wenn ich mich nun auch freiwillig melde? Würden die mich nehmen? Mein Vater hat gesagt, nein.«

»Inzwischen nehmen die jeden. Und so klein bist du gar nicht mehr. Immerhin hinkst du nicht wie Quasimodo.«

»Wir haben eh noch Zeit.«

Tavernier antwortet nicht. Er beäugt eine Frau, die neben uns herläuft.

»Ich geh ihr nach«, flüstert er mir ins Ohr.

»Aber ich wollte was mit dir besprechen.«

»Nicht jetzt, Petit-Louis.«

VII

Jemand kommt die Treppe herauf, ich beuge mich übers Geländer. In der Tiefe des Schachts erkenne ich Rose Gallais. Mit klappernden Absätzen kommt sie oben an.

Sie reicht mir ihre behandschuhte Hand.

»Was machen Sie denn hier?«

»Meine Mutter ist nicht da. Keine Ahnung, wo sie bleibt!«

»Sie sollten nicht im Treppenhaus warten. Kommen Sie solange zu mir?«

Sie öffnet ihre Wohnungstür.

»Rein mit Ihnen, Petit-Louis!«

Lachend schiebt sie mich vorwärts.

Sie legt Hut und Jacke ab. Darunter trägt sie eine weiße Seidenbluse und ein knappes Rüschenkleid.

»Ich hab sämtliche Geschäfte abgeklappert, das schafft mich. Machen Sie das nie?«

»Oh nein!«

»Immerhin kommt man so unter Leute.«

Ich setze mich. Ich sehe sie im vollen Licht. Sie klimpert mit den Wimpern, ihre tiefroten Lippen beben leicht, ihr Haar wallt. Alles an ihr atmet noch die chaotische Lebendigkeit der Straße. Geblendet schlage ich die Augen nieder. Mein Blick fällt auf meine schmutzigen Hände, die fleckenstarrende Hose, die klobigen Schuhe. Ich wage es nicht, mich zu rühren.

Rose Gallais stellt einen Stuhl neben meinen. Dann schnurrt sie mit sanfter Stimme:

»Ich habe von nichts mehr eine Ahnung. Sie vernachlässigen mich, Petit-Louis. Warum? In Ihrem Alter geht man doch nicht mit den Hühnern schlafen.«

»Ich schlafe ja gar nicht, ich lese Romane.«

»Dann sollten Sie mir unbedingt mal einen vorlesen!«

Ich stammle ein paar Worte. Sie nestelt zerstreut an ihrem goldenen Armband. In ihrem Gesicht liegt ein Anflug von Lächeln. Will sie mich zu irgendetwas ermuntern? Vor den Fenstern hängen Tüllgardinen. Ich sage:

»Die sind sehr hübsch! Sie haben die schickste Wohnung im ganzen Viertel.«

Sie zuckt die Schultern.

»In meinem Schlafzimmer hängen dieselben.«

Sie steht auf.

»Apropos, die Gardinenstange hält nicht richtig«, murmelt sie, »könnten Sie das vielleicht rasch mit einem Hammer richten?«

»Ich kann's mir ja mal ansehen.«

Ich betrete ihr Schlafzimmer. Meine Mutter bezeichnet ihres immer als eine »Dose Konfekt«. Dieses hier, mit seinen blau schimmernden Wänden, dem Bett in der Mitte, den Spitzen überall und einem Frisiertisch am Fenster, auf dem funkelnde Flakons stehen, wirkt üppig, gemütlich und geheimnisvoll.

Ich steige auf einen Schemel. Er ist zu niedrig, so dass ich mich auf die Zehenspitzen stellen muss. Ein kurzer Schlag mit dem Hammer, dann noch einer.

»Danke«, sagt Rose Gallais.

Ich beuge mich hinunter. Mein Blick fällt in ihren Ausschnitt, auf die Wölbung ihrer Brüste. Plötzlicher Taumel. Musik tönt, die Möbel um mich herum geraten ins Wanken.

Sie fasst meine Hand.

»Legen Sie den Hammer weg«, flüstert sie.

Ihre Finger verschlingen sich mit meinen. Ich höre ihr Lachen, ihr Keuchen, wie sie meinen Namen stammelt. Meine Hand schmiegt sich an etwas sehr Weiches, eine warme Brust. Ich atme ihren Duft.

Zwei Arme umschlingen mich, halten mich fest.

»Komm.«

Doch ganz plötzlich löst Rose Gallais ihre Umarmung.

»Petit-Louis, es hat geklopft.«

Mit einer raschen Bewegung bringt sie ihre Frisur in Ordnung. Sie geht hinaus. Ich höre, wie sie die Tür öffnet.

»Guten Abend, Madame Decamp.«

»Ist mein Sohn hier? Die Concierge hat gesehen, wie er raufgegangen ist.«

»Ja. Ich habe ihn zu mir reingebeten.«

Den Schemel in der Hand, komme ich angetrabt. Meine Mutter gibt mir einen Kuss.

»Warst du arbeiten?«

Verärgert und enttäuscht, gebe ich keine Antwort. Sie hält ein Schwätzchen. Doch in mein Ohr dringt nur, was Rose Gallais sagt.

»Na komm, wir müssen los«, sagt meine Mutter.

Rose Gallais gibt mir die Hand. Meine Augen suchen ihre Augen, ich begegne ihrem Blick: keinerlei Lodern darin. Ihr Gesicht ist ruhig. Kühl bedankt sie sich bei mir, und ich gehe voller Bangigkeit hinaus.

Bei uns zu Hause kommt mir alles öde, armselig und langweilig vor – die dunklen Wände, die farblosen Stoffe, das abgenutzte Mobiliar.

Wir setzen uns zu Tisch.

»Dir macht doch was zu schaffen«, sagt meine Mutter. »Was hast du?«

»Nichts.«

»Wie, nichts? Du wirst doch nicht etwa krank?«

»In der Werkstatt machen sie sich über mich lustig.«

Sie runzelt die Stirn.

»Hätte dein Vater doch nur auf mich gehört. Du bist nicht zum Arbeiter geschaffen. Aber jetzt ist wohl kaum der Moment, die Stelle zu wechseln.«

Sie sagt, noch immer werde alles teurer, und dass sie ihre liebe Not hätte, mit dem Geld zurechtzukommen. Dann redet sie von meinem Vater und seinem letzten Brief: Wie es scheint, kommt er bald auf Urlaub heim. Ich höre nur mit halbem Ohr zu. Plötzlich verkündet sie:

»Ich will nicht, dass du noch mal zu der Gallais gehst.«

»Sie hat mich um einen Gefallen gebeten.«

»Sie hat immer irgendeinen Vorwand. Sie ist eine hinterhältige Person, ständig auf Verlockungen aus. Sie hat was mit einem Mieter im zweiten Stock.«

»Mit wem?«

»Ach, das interessiert dich?«

Ihre Stimme bebt. Ihre Stirn legt sich in Falten.

»Sie rührt nie einen Finger, wie eine Chefin. Und ihr Mann ist auch so ein Drückeberger, kommt jeden Monat nach Paris!«

Sie räumt den Tisch ab.

»Ich hab dir ein neues Buch aus der Stadtbibliothek mitgebracht: *Der Steinbruch*. Die Angestellte meinte, du wirst es bestimmt mögen. Es ist von Georges Ohnet.«

»Schon wieder! Ich möchte endlich was anderes lesen.«

Sie legt ein Buch mit rotem Einband auf die Wachstuchdecke. Ich klappe es auf und überfliege die ersten Seiten, ohne etwas von dem, was ich da lese, zu begreifen.

Meine Mutter sitzt über einem Berg Wäsche zum Ausbessern. Ihr Gesicht, traurig und schmal, wirkt wie in Holz geschnitzt. Das einzige Frauengesicht, das ich wirklich kenne.

Ich hocke hier, meine Jugend vergeht wie ein trister Frühling. Meine Mutter weiß nicht, wie sehr ich mich langweile. Hin und wieder sagt sie: »Dein Vater ist bestimmt gerade mit dem Pferd unterwegs«, oder: »Dein Vater ist jetzt bestimmt beim Wachestehen«. Tavernier gondelt auf der Suche nach neuen Abenteuern durch die Stadt, Planchet war wieder im Puff! Ich mag meine Mutter. Aber ihre Zärtlichkeit kann mich nicht mehr über meine Einsamkeit hinwegtrösten, genauso wenig wie die Bücher.

VIII

Auf dem Tisch brennt die Benzinlampe. Von draußen ist der Müllwagen zu hören. Vor Kälte zitternd stehe ich auf und ziehe mich an.

Ein Tuch um die Schultern, kommt meine Mutter aus der Küche.

»Komm schon«, sagt sie. »Der Kaffee ist fertig.«

Mit einem feuchten Handtuch fahre ich mir übers verschlafene Gesicht. Ich richte mich wieder auf. Plötzlich klopft es. Dann Stille. Es klopft noch einmal.

»Wer kann das sein?«, fragt meine Mutter.

»Mach schon auf, Jeanne!«, ruft eine heisere, ungeduldige Stimme. »Ich bin's!«

Meine Mutter stürzt zur Tür, zieht hastig den Riegel weg und öffnet.

»Henri! Oh!«

Sie sinkt in seine Arme. Vor Überraschung bleibe ich wie angewurzelt auf der Schwelle stehen.

»Erkennst du mich nicht mehr, Petit-Louis?«

»Papa!«

Er zieht uns an sich, gibt uns einen Kuss.

»Lasst uns reingehen, Kinder«, murmelt er.

Er hakt seine Pelerine auf, legt die Brotbeutel ab und den Helm. Seine blaue Uniform, dieselbe, die er auch in Matougues trug, ist abgewetzt und schutzig.

»Damit habt ihr nicht gerechnet, was!«, ruft er.

Der Fußboden knarzt unter seinen klobigen Schuhen. Ich würde ihn immer an seinem langsamen, wiegenden Gang erkennen, am Geruch seiner Kleidung, einem Geruch nach Stroh und Stall. Mit zusammengekniffenen Augen betrachtet er die Möbel. Er geht zum Fenster und drückt seine Stirn gegen die vom morgendlichen Dunst beschlagene Fensterscheibe: Alles ist ruhig, hier und da brennt noch Licht.

»Du hast uns ganz schön Angst eingejagt«, meint meine Mutter. »Hattest du eine gute Reise?«

»Ja, bloß ein wenig frisch. Außerdem habe ich einen Bärenhunger.«

Meine Mutter stellt die dampfende Kaffeekanne auf den Tisch, dazu Tassen und die Reste vom Abendbrot. Mein Vater holt ein Messer aus seiner Hosentasche und schneidet eine dicke Scheibe Brot ab. Während er geräuschvoll isst, ohne seine abgebrochenen und gelblichen Zähne zu verbergen, redet er. Dabei kommt er vom Hundertsten ins Tausendste.

»Sechs Tage Urlaub, sieben, wenn ich den Stempel vom Bahnhof weggekratzt kriege. Die haben mich absichtlich schmoren lassen, weil ich Streit mit Wampe hatte. Dafür koste ich es jetzt so richtig aus: morgens lange schlafen, abends ins Theater! Und ja kein Wort über den Krieg!«

Seine Tasse ist leer, er schenkt sich einen kräftigen Schluck Wein ein. Er trinkt, wischt sich über den Schnurrbart und knöpft sich den Uniformrock auf.

»Es ist zum Ersticken, findet ihr nicht?«

Rittlings auf einem Stuhl sitzend, blickt er sich um.

»Wie klein das alles ist«, sagt er, »so klein.«

Dann ruft er:

»Was für hübsche Vorhänge du gekauft hast, Jeanne!«

Meine Mutter strahlt übers ganze Gesicht. Voller Bewunderung und Zärtlichkeit kniet sie sich vor ihn hin.

»Komm, Henri, lass mich dir die Schuhe ausziehen«, sagt sie in bittendem Ton.

Als er aufsteht, kippt sein Stuhl um. Er wankt hinüber ins Schlafzimmer, wo er vor dem Kamin stehen bleibt und die Uhr betrachtet, die von zwei bronzenen Kerzenständern und meinem Porträt gerahmt wird.

»Ich kann einfach nicht glauben, dass ich zu Hause bin.«

Wir lachen. Die schwere Zeit ist vergessen. Die Wohnung erscheint nicht mehr ganz so kalt und grau. Wir sind zu dritt, wie früher, jeder sitzt wieder an seinem angestammten Platz am Tisch. Wir erinnern uns an Vergangenes, schmieden Pläne: Verwandte und Freunde besuchen, durch die Geschäfte bummeln, die Boulevards entlangspazieren. Bald beginnt ein Leben voller Freude und Abenteuer.

»Und die Arbeit«, bemerkt meine Mutter plötzlich.

»Ist noch genug Zeit.«

»Nein, du kommst noch zu spät. Nimm deine Tasche.«

»Du siehst mich wieder«, fügt mein Vater hinzu. »Heute fahre ich nicht zurück.«

… Als ich abends nach Hause komme, sitzt er da. Er wendet nicht den Kopf, winkt mir nur kurz zu. Aufgereiht oder zu Häufchen geordnet liegen allerlei Dinge vor ihm auf dem Tisch: Zündschnüre, Feuerzeuge, Pfeifen aus Ton oder Buchsbaum, Taschenmesser, Umschläge, Postkarten und mit Feuersteinen befüllte silberne Röhrchen.

»Was ist das alles?«

»Das?«, brummt meine Mutter. »Den Kram hat dein Vater angeschleppt.«

Er murmelt vor sich hin, rechnet mit den Fingern nach, notiert sich was. Schließlich schiebt er das mit Zahlen bekritzelte Blatt weg, steckt die Hände in die Hosentaschen und sieht uns mit froher Miene an.

»Du wunderst dich vielleicht, Petit-Louis«, beginnt er. »Deine Mutter hat sich aufgeregt, als ich mit all den Päckchen hier ankam. Keine Sorge, ich bin nicht übergeschnappt!«

»Und was willst du anfangen mit all dem Zeug, Henri?«

»Ich habe immer davon geträumt, im Handel tätig zu sein. Dort verkaufe ich Feuerzeuge und Aluminiumringe. Ich dachte, warum nicht versuchen, das Ganze größer aufzuziehen …«

»Und das Geld?«

»Boiteux hatte noch vier Sous, wir haben uns zusammengetan. Gleich danach bin ich durch ganz Paris, um Ware einzukaufen. Diese Feuerzeuge, siehst du? Daran verdiene ich hundertprozentig, mit den Pfeifen auch. Wirklich gut gemacht!«

»Das wird dich nicht voranbringen!«

»Wie, nicht? Sollte ich eines Tages zurückkommen, mache ich mich selbständig und verkaufe auf den Märkten Pariser Artikel.«

Meine Mutter schüttelt den Kopf. Der Tonfall meines Vaters, sein optimistisches Getue überzeugen sie nicht. Sie denkt: »Er hat seine Freunde getroffen, er hat getrunken.« Sie nimmt eins der Taschenmesser in die Hand.

»Alles Ramsch. Du hast dich übern Tisch ziehen lassen.«

»Mit dir könnte man nie einen Handel aufmachen, Jeanne. Du wirst schon sehen, meine Freunde kaufen mir alles ab.«

Er wendet ihr den Rücken zu, wickelt seine Waren wieder ein und verstaut sie in einem der beiden Brotbeutel. Seine Hände zittern, seine Augen sind glasig, er brummt vor sich hin. Es stimmt, er hat getrunken.

Meine Mutter holt das gute Service aus dem Buffet.

»Ran an die Suppe!«, ruft mein Vater.

Er setzt sich, stützt die Ellbogen auf den Tisch. Gierig macht er sich über das Essen her, er schnuppert, trinkt, benutzt das große Küchenmesser zum Fleischschneiden und antwortet auf die Fragen meiner Mutter in wirren Sätzen, um schließlich wieder von seiner Geschäftsidee anzufangen.

»Ihr esst ja gar nichts«, bemerkt er irgendwann.

»Wir sehen dir zu«, sagt meine Mutter.

»Mein Urlaub lässt sich gut an. Morgen gehen wir ins

Theater, hier, die Eintrittskarten ... Ich war bei meinem Boss. Die reinste Tratschbude, nur noch Frauen da! Wenn ich da wieder hinmuss! Danach hab ich meinen Cousin Brandy abgeholt. Wir haben was zusammen getrunken. Der ist komplett eingerostet. Wer so viel Schwein hat und nicht an die Front muss, sollte Besseres zu tun haben als seine zehn Stunden in der Werksbude abzusitzen.«

Er schiebt seinen leeren Teller weg, schnappt sich seine Pfeife und stopft sie mit einem Tabak, den er »Fettarsch« nennt. Dann pafft er ordentlich. Den Oberkörper zurückgelehnt, die Füße auf den Sprossen des Stuhls, lacht er dröhnend. Er ist nicht wiederzuerkennen.

Meine Mutter sagt:

»Wenn du wieder da bist, tapezieren wir das Schlafzimmer.«

»Wenn ich wieder da bin, ziehen wir um.«

Kaum, dass er mich nach meiner Arbeit fragt. Wie stolz wäre ich, könnte ich zu ihm sagen: »Samstag gebe ich dir meinen Lohn, Papa!« Er redet wieder von seinen Plänen. Kein einziges zärtliches Wort mehr. Er flucht, schreit herum, spuckt auf den Boden. Das Gesicht meiner Mutter verfinstert sich. Mich hingegen schockiert seine derbe und ungewohnte Art ganz und gar nicht. Ich frage mich, ob ich irgendwann auch so viel Selbstsicherheit und Schneid ausstrahlen werde.

»Es ist spät, geh ins Bett«, befiehlt meine Mutter.

»Nein.«

»Keine Widerrede!«, sagt mein Vater. »Ab ins Bett ... Wir legen uns auch gleich hin.«

Ich liege in meinem Bett neben dem Tisch, es riecht nach Tabak, Wein und Essen. Ich kann nicht einschlafen. Im Schlafzimmer nebenan höre ich meine Eltern miteinander reden. Plötzlich fällt der Name Rose Gallais.

»Hast du sie getroffen, Henri?«

»Ja. Wir haben kurz im Treppenhaus geschwatzt.«

»Ich habe sie im Auge. Sie läuft dem Jungen nach.«

»Lass ihn, das ist in seinem Alter so. Ich finde, er ist anders geworden, männlicher.«

»Nein. Eine Dirne ist sie ...«

Dann vernehme ich nur noch Geflüster, das Geräusch von Küssen, Gelächter. Ich verstecke mich unter der Bettdecke, das Gesicht im Kissen vergraben.

Schreie und Rufe werden laut, ein alles durchdringender Pfiff ertönt und quietschend kommt eine Lok zum Stillstand. Soldaten, plump, steif und unförmig in ihrer Kluft, drängeln sich in Richtung der Bahnsteige. In der Luft hängt ein Geruch von Kohle, Staub und Fabrik. Unter der Bahnhofskuppel schweigende Grüppchen, jammernde Frauen und ausgestreckte Leiber.

»Wäre Jeanne mitgekommen, hätte sie das nur noch trauriger gemacht«, seufzt mein Vater. »Ach!, wie schnell so ein Urlaub vorbei ist. Aber in vier Monaten komme ich wieder ...«

Seine Worte brausen in meinen Ohren. Ich balle die

Fäuste. ›Noch eine Minute länger, und ich erzähle ihm alles.‹

»Am besten, wir verabschieden uns jetzt, Petit-Louis.«

Ich bleibe stehen und hole tief Luft. Schließlich fange ich an zu reden.

»Dich freiwillig melden?«, fährt mein Vater dazwischen. »Bist du verrückt geworden!«

»Nein. Es ist wegen der Fabrik. Die nennen mich Windelbaby, machen mir das Leben zur Hölle. Hundsgemeine Typen sind das. Ich müsste mir sonst eh was Neues suchen. Aber wozu? Mein Jahrgang wird sowieso bald einberufen. In der Kaserne wird's mir kaum schlechter ergehen als bei der *Nord-Sud*.«

»Du hast keine Ahnung vom Kasernenleben ... Komm hier rüber, da werden wir nicht dauernd angerempelt ... Ich dachte nicht, dass du mal gehen würdest. Das habe ich zu deiner Mutter gesagt. Aber zu uns ins Regiment kamen Typen, die nicht halb so stark waren wie du.«

»Wenn ich mich freiwillig melde, kann ich mir meine Einheit aussuchen, verstehst du?«

»Dann zur Artillerie! Die Infanterie ist das Letzte. Was hält deine Mutter davon?«

»Sie weiß noch nichts davon, sie würde nie Ja sagen. Und dabei langweile ich mich so in Paris. Ich will rumkommen, was sehen von der Welt.«

Leise füge ich hinzu:

»Frauen kennenlernen.«

»Was? … Also, ganz falsch liegst du damit nicht, aber deine Mutter wird sicher sagen, sie hätten dir einen Floh ins Ohr gesetzt. Ich werde versuchen, ihr das Ganze zu erklären.«

»Papa, jetzt, wo ich dich wiedergesehen habe, steht mein Entschluss fest. Du bist nicht mehr derselbe.«

»Hab ja auch einiges mitgemacht!«

Dann klopft er auf seine Brotbeutel.

»Wenn alles klappt, können Boiteux und ich uns bald zur Ruhe setzen. Komm, gib mir einen Kuss, wir verabschieden uns jetzt, aber wirklich.«

Ich falle ihm um den Hals.

»Genug jetzt«, sagt er in rauem Ton. »Versuch, dich wie ein Mann zu benehmen.«

Er streckt mir die Hand hin.

»Vielleicht treffen wir uns dort. Auf Wiedersehen.«

Er dreht sich ein erstes Mal um, hebt den Arm und lächelt mir mit einem Nicken zu. Kurz darauf dreht er sich noch einmal um, aber ich erkenne sein Gesicht schon nicht mehr. Nur noch sein Helm ist zu sehen, dann ist er verschwunden.

Ein Gefühl der Erleichterung, von Befreiung und Stolz.

Ich beobachte ein paar Poilus.

»Bald bin ich wie sie!«

IX

Im Treppenhaus stinkt es nach Bratfett und Schmutzwasser. Ein paar Frauen, umringt von plärrenden Kindern, unterbrechen ihr Geschnatter, um mir einen guten Abend zu wünschen. Von oben ist Gekreisch zu hören. ›Bestimmt haben sich die alte Cornet und die Plantard wieder in der Wolle‹, denke ich. Nein. Zwei andere Tratschen. Plötzlich erkenne ich die Stimme meiner Mutter, und gleich darauf die von Rose Gallais, die zurückblafft. Ich beschleunige meinen Schritt, im fünften Stock bleibe ich stehen.

Meine Mutter tobt, was mich nicht überrascht. Seitdem mein Vater fort ist, hat sie sich nicht mehr im Griff. Sie wettert gegen die Nachbarinnen, deren Männer in der Etappe arbeiten, in irgendeiner Fabrik.

»Mein Henri ist kein Drückeberger wie Ihr Mann, dieser Hahnrei!«

»Dafür streichen Sie überall Zuwendungen ein!«

»Na und, die stehen mir zu. Sie sind eine Hure, Sie! Das ganze Haus weiß es. Keiner redet mehr mit Ihnen. Ich kann wenigstens den Kopf hoch tragen!«

»Ach Gottchen, die Leute im Haus können mich mal. Hätte ich mich wirklich an Ihr mickriges Söhnchen ranmachen wollen, hätte er Sie auf der Stelle sitzen lassen. Und was Ihren Mann angeht, dieses Ferkel, sollten Sie ihn im Auge behalten. Ich musste bloß mit dem Finger schnippen und schon …«

Ich höre Ohrfeigen klatschen, wieder Geschrei. Schließlich gehe ich hinauf.

Meine Mutter und Rose Gallais prügeln sich. Sie verpassen sich gegenseitig Tritte, ziehen sich an den Haaren, zerkratzen sich das Gesicht. Ich stürze hinzu. Schließlich gelingt es mir, sie auseinanderzubringen. Marie Primault und Louise Thévenard stehen klagend dabei. Ich stoße Rose Gallais rüber zu ihrer Wohnungstür, gehe zu meiner Mutter zurück und fasse sie bei den Schultern.

»Komm, lass uns reingehen.«

Sie schüttelt den Kopf. Ihre Pupillen sind geweitet, der Mund ist verzerrt, die Adern an ihrem Hals treten deutlich hervor.

»Ich bitte dich, komm rein.«

»Ich überlasse diesem Miststück doch nicht das Feld! Lass mich los. Du willst sie doch nicht etwa verteidigen? Sie verhöhnt mich schon wieder. Der kratz ich die Augen aus!«

Sie stößt mich beiseite. Mit einer Hand greife ich sie an der Taille, mit der anderen halte ich mich am Geländer fest. Zu Rose Gallais rufe ich hinüber: »Hauen Sie endlich ab!« Sie rührt sich nicht, verzieht bloß das Gesicht. Meine Mutter schlägt um sich. Ich halte sie mit beiden Armen fest und bugsiere sie in unsere Wohnung.

Sie setzt sich hin. Ihr Körper, dürr und verbraucht wie der einer alten Frau, wird von Schluchzern geschüttelt. Irgendwann taucht unter den Schimpftiraden, ihrem Gestöhn und den kindlichen Wehgeschrei der Name meines Vaters auf, den sie zärtlich flüstert. Ich knie mich hin. Die Hände auf ihren Schultern, sage ich:

»Weine ruhig, Mama, dann geht's dir besser.«

Sie murmelt:

»Petit-Louis, stimmt das etwa?«

»Aber nein … was meinst du?«

»Dass du mich verlassen willst.«

»Diese verfluchte Rose Gallais, ich hasse sie.«

Ein verzweifeltes Lächeln huscht über ihre bleichen Lippen.

»Dein Vater hat mir alles berichtet, ich hab vorhin einen Brief bekommen. Stimmt es, Petit-Louis?«

Ihre trüben, geröteten Augen blicken mich fragend an. Ich sehe zu Boden. Da beugt sie sich über mich, und ihre Tränen, schwer und heiß, tropfen auf mein Gesicht.

»Ich mache dir keine Vorwürfe«, seufzt sie. »Im Grunde habt ihr beide recht. Dein Vater meint, früher oder später musst du sowieso fort, selbst wenn sie dich zurückstellen. So hast du's wenigstens schneller hinter dir. Daß du wirklich schon ein Soldat bist! Ich habe nie gedacht, dass du eines Tages weggehen würdest, du warst immer mein kleiner Junge.«

Langsam kommt wieder Leben in ihr blasses Gesicht, und ich erkenne einen Ausdruck von Sanftheit und Vertrauen darin. Sie legt ihren Kopf an meine Schulter.

Ich wische ihr die Tränen weg.

»Ruh dich aus. Heute Abend mache ich das Essen.«

Unser Trupp trifft auf dem ehemaligen Festungswall ein, an einem rußgeschwärzten, trostlosen Wehr. Lesueur hat mich am Arm gefasst. Da ich mich freiwillig melde, verzeiht er mir meine »anarchistischen« Ansichten. Buzon junior, der in einem Stummfilm von Tourneur einen Feldwebel gespielt hat, gibt Geschichten über die Stubengemeinschaft zum Besten.

»Ihr werdet erwartet, Jungs«, sagt Lesueur.

Die Mütze in der Hand, gehen Tavernier und ich hinein.

In einem dunklen Raum legen Männer ihre Kleidung ab. Wir ziehen uns ebenfalls aus.

Einer nach dem anderen kommen die Rekruten aus dem Untersuchungszimmer, große, kleine, manche kräftig, die meisten mickrig und bleich, wie knochenlos. Dann wird mein Name aufgerufen. Ich betrete ein Zimmer mit grün gestrichenen Wänden, das Büro und Operationsraum zugleich ist.

Ein dickbäuchiger Offizier mit Glatze kommt auf mich zu, legt eine Wange an meine Brust und befiehlt mir, tief einzuatmen. Er hebt den Kopf und stellt mir alle möglichen Fragen. »Keine Erbkrankheiten?« Er macht eine kurze Handbewegung. Ein Soldat schiebt mich unter die Messstange, dann auf eine Waage. Danach muss ich Buchstaben auf einer Tafel entziffern.

»Tauglich für den Militärdienst«, brummt der Major. »Ziehen Sie sich wieder an.«

Tavernier, bereits vollständig angekleidet, schwingt vor ein paar Leuten große Reden.

»Haben sie dich genommen?«, fragt er mich.

»Natürlich!«

Untergehakt und »Vive la classe« grölend ziehen wir davon.

»Und?«, fragt Lesueur.

»Tauglich für die Mädels!«, entgegnet Tavernier.

»Bravo! Ich geb einen aus!«

Wir gehen in ein Café. Wir schieben zwei Tische zusammen und setzen uns. Der Kellner bringt versiegelte Flaschen. Lesueur hebt sein Glas. »Auf die Gesundheit des Jahrgangs '18 ...« Die Gäste schauen zu uns herüber, der Wirt hinterm Tresen klatscht Beifall. Buzon junior steigt auf einen Stuhl und grölt »La Madelon« und ein paar Operettenschnulzen.

Als wir rauskommen, ist es bereits dunkel. Ich gähne, mir brummt der Schädel. Sicher fragt sich meine Mutter längst, wo ich bleibe. Ich strecke Tavernier die Hand hin, aber er hält mich fest.

»So leicht kommst du uns nicht davon, Petit-Louis.«

»Oder willst du auf ewig ein Unschuldsengel bleiben«, lacht Buzon junior.

Ich spüre, dass ich keine Kraft habe, mich zu wehren. Allein würde ich mich nicht dorthin trauen, wohin sie fest entschlossen sind zu gehen.

Wir quetschen uns in ein Taxi. Mit Gebrüll geht's los. Oben an den Fenstern tauchen Leute auf, die Ladenbesitzer kommen heraus, und wir rufen im Chor:

»Scheiß auf die Zivilisten!«

Auf einem Boulevard gehen Mädchen ohne Kopfbedeckung auf und ab. Das Taxi hält am Eingang einer Passage, an deren Ende eine Nummer wie eine Blume aus Feuer leuchtet. Schatten kommen näher, zögern, reißen plötzlich eine Tür auf, aus der gedämpfter Partylärm und Grammophonmusik dringen.

»Ein toller Schuppen«, meint Buzon junior.

Heiße Luft schlägt mir entgegen. Wir betreten einen mit Spiegeln und Wandteppichen verzierten Raum, in der Ecke ein gewaltiger Kamin. Das Licht blendet mich. Eine schwarz gekleidete Frau kommt auf uns zu, Tavernier flüstert ihr etwas ins Ohr. Sie äugt zu mir rüber.

Ich sinke in einen Sessel. Kalter Schweiß bedeckt meine Stirn, mir ist übel.

Eine Frau setzt sich mir auf den Schoß und schlingt ihre Arme um meinen Hals. Ihre roten Lippen lächeln, ganz leicht berühren sie meinen Mund. Ihre Hand wandert unter meine Kleidung. Ich höre, wie mir Liebesworte ins Ohr geraunt werden.

X

Vor mir auf dem Tisch liegt eine Karte von Frankreich. Die Stadt Poitiers habe ich rot unterstrichen. ›Endlich wirst du was von der Welt sehen, neue Bekanntschaften machen.‹ Doch die Begeisterung, mit der ich mich noch am Morgen laut jubelnd von meinen Arbeitskollegen verabschiedet habe, ist einer feierlich ernsten Freude gewichen.

Die Möbel, die meine Mutter zweimal im Jahr mit Politur einreibt, um sie zum Glänzen zu bringen, die Kalender und Kunstblumen an den Wänden, die Schmuckvasen auf dem Kamin – jeder Gegenstand hier ist mit einer Erinnerung verknüpft. Als ich gerade so über den Tisch reichte, war ich sieben. Ich hatte eine Kopfhautflechte und war kahl geschoren. Ein paar Monate später lag ich mit Scharlach im Bett. Dann ging ich wieder zur Schule. Alles in allem eine gute Zeit. Jedenfalls sagten meine Lehrer das. Trotzdem brannte ich darauf, eine Lehre zu beginnen.

Aus dem Regal, das meine Mutter »Bibliothek« nennt, nehme ich die mit Goldschnitt versehenen roten Bücher heraus: meine Zeugnisse. »Lernt fleißig«, sagte der Direktor bei der Übergabe. »Wenn ihr groß seid, stehen euch dank der Bildung alle Türen offen.«

Ich bin achtzehn Jahre alt, ich bin Arbeiter, wie

meine Eltern, mein Leben wird genauso werden wie ihres.

Ich gehe zum Fenster. Es wird Abend, der Himmel ist grau. Die Landschaft, der ich Lebewohl sage, kommt mir armseliger und dunkler vor als sonst, geradezu tragisch. In den düsteren Häusern da draußen leben dichtgedrängt Tausende Seelen. Voller Ungeduld gehe ich auf und ab. »Mama müsste längst da sein!« Plötzlich schießen mir Tränen in die Augen. Ob ich immer gut genug für sie war? Als ich nach der Musterung nach Hause kam, war es bereits Mitternacht. Sie wartete bekümmert auf der Treppe. Ich hatte meinen Lohn verprasst; vor mich hin trällernd schwankte ich hinauf. »Oh, Petit-Louis, in welchem Zustand kommst du heim!« Sie hatte mir das Gesicht gewaschen und mich ins Bett gebracht. Als wäre ich mit einem Schlag volljährig geworden, hatte sie von da an aufgehört, mir Vorwürfe zu machen.

Ich warte auf meinen Onkel August, der auf Urlaub ist. Gleich holt mich Tavernier ab, gemeinsam werden wir den Neun-Uhr-Zug nehmen. Ich seufze. Nie hätte ich gedacht, dass dieser Tag, den ich so herbeigesehnt habe, dermaßen schwer und ernst werden würde ... und trotzdem genau wie sonst. Louise Thévenard schreit ihr Kind an: »Iss jetzt gefälligst deine Suppe!« Unten auf der Straße knattern Fahrzeuge.

Arme umschlingen mich.

»Hast du geweint?«, fragt meine Mutter. »Warum stehst du hier im Dunkeln?«

Sie macht die Lampe an.

»Madame Harbulot wünscht dir alles Gute«, sagt sie. »Dann pack ich mal deine Sachen zusammen, ja? Was nimmst du denn mit? Eigentlich will ich nur, dass du gute Wäsche dabeihast. Bloß, wer wird für dich waschen?«

Sie stopft alles in meine beiden Brotbeutel. Ich sehe ihr zu, genau wie mein Vater 1914 stehe ich mit hängenden Armen dabei.

»Petit-Louis, du musst nicht in den Krieg … hat dein Vater immer gesagt«, murmelt meine Mutter. »Wir dachten, er dauert nur zwei Wochen.«

Sie schnürt meine Brotbeutel zu.

»Fertig. Jetzt lass uns den Tisch decken.«

Die Suppenschüssel dampft, es duftet verlockend. Der Schein der Lampe ist behaglich, wie ein Gedanke, eine Gewohnheit. Die Furcht vor der Abreise schnürt mir die Kehle zu, ich bin wie gelähmt. Ich schiebe meinen Teller weg und lausche dem Ticken der Uhr.

Mein Onkel August kommt. Er umarmt uns. Wie Lesueur am Morgen sagt er zu mir: »Heute ist der große Tag.« Aber seine Stimme ist fester, er verhält sich ernst und würdevoll. Er nimmt neben meiner Mutter Platz. Sie sehen sich ähnlich, die Adlernase, die eng stehenden Brauen, die hängenden Lider, die schmalen Lippen.

»Je weiter du fort bis, desto stärker wird das Band zwischen uns, Petit-Louis«, sagt mein Onkel.

Wieder klopft es. Von seiner Mutter gefolgt, kommt Tavernier herein. Er wirkt heiter und grüßt meinen

Onkel militärisch. Meine Mutter stellt Stielgläser und eine Flasche auf den Tisch. Wir stoßen an. Tavernier, schon leicht beschwipst, hebt das Glas und sagt zu mir: »Keine Bange. Bald kommen wir auf Urlaub zurück.« Meine Mutter lächelt, die Verbundenheit, die mein Freund mir bezeugt, beruhigt sie.

Dann plötzlich klatscht mein Onkel in die Hände.

»Es ist so weit, Freunde, wir müssen Abschied nehmen.«

»Nur noch einen Moment.«

»Komm, lass den Quatsch!«, antwortet er. »Du bist doch Soldat, oder? Du hast es so gewollt.«

Ich nehme meine Brotbeutel. Auf meinen Schultern lastet ein Gewicht, die Knie werden mir weich. Kaum dass ich höre, wie meine Mutter sagt: »Und schreib sofort.«

Mit bestürztem Gesichtsausdruck lehnt sie in der Tür, die Arme ausgebreitet wie die Flügel eines Vogels. Ich küsse lange ihre Stirn. Ich will, dass sie weiterspricht, damit ich mir den Klang ihrer Stimme einprägen kann, will sie noch einmal eingehend betrachten, weil ich die Farbe ihrer Augen nicht weiß. Ihr ernstes, schlichtes, reines Gesicht – ich kenne es immer noch nicht genug, um mich auf ewig daran zu erinnern.

Ohne ein Wort schiebt sie mich schließlich sanft hinaus.

Da fasst mich mein Onkel am Arm und sagt:

»Komm, Petit-Louis. Tavernier wartet auf uns.«

ZWEITER TEIL

I

Zweimal bläst die Trompete zum Wecken.

Ein fahler Schein erhellt die Gemeinschaftsstube. Ich drehe mich um. Von meinem Bett aus, nahe der Tür, erkenne ich kahle Wände, am Boden Säcke aus Stroh, Bretter fürs Gepäck, einen rostigen Ofen mit verbogenem Rohr, glänzende Säbel und Karabiner. Um mich herum wird gegähnt, geschrien und gemurrt. Der Geruch von Keller und Schlafsaal steigt mir in die Nase.

»Aufstehen!«, befiehlt der Unteroffizier.

Ein pelziges Gefühl im Mund, bleibe ich regungslos liegen. Meine Bettnachbarn rappeln sich hoch. Bei dem Versuch, mich zu bewegen, knacken meine Glieder. Eine Minute noch zögere ich es hinaus, dann richte ich mich auf. Vor Kälte bin ich wie gelähmt. Ich gebe mir einen Ruck. Mein Hemd ist eiskalt, die Schnürstiefel sind steif. Ich befeuchte ein Leinentuch und wische mir damit übers Gesicht.

Der Stubendienst kommt. Ich halte ihm meinen Becher hin. Ich trinke einen geschmacklosen, aber immerhin heißen Kaffee, und kaue auf einem Brotkanten herum.

Plötzlich wird die Tür aufgerissen.

»Der ganze Zug antreten!«

Wir sind ungefähr dreißig Mann, manche rotgesichtig und stämmig, andere dürr und blässlich. Wir stammen aus allen Ecken Frankreichs. Schlurfende Bauern, Arbeiter, die mit einer Kippe in der Hand angelatscht kommen, Typen aus Paris und Tavernier, die wild gestikulieren.

Wir treten im Hof an.

Der Unteroffizier verliest die Namen.

»Decamp! … Schlafen Sie, oder was?«

Ich finde den Beruf des Soldaten enttäuschend, jedenfalls genauso eintönig und blöde wie meinen Beruf als Wagenwäscher. Wir machen die immer gleichen Übungen. Wir waten durch Schlamm oder zittern vor Kälte, je nachdem.

Körperliche Ertüchtigung.

Exerzierübungen.

Ausbildung an der Waffe.

»Ach so, ihr Bürschchen, ihr spielt die Aufsässigen!«

Lange noch müssen wir einer hinter dem anderen auf und ab marschieren.

»In Viererreihe!«

Wir laufen zum Übungsplatz hinunter. Eine verlassene Heide, auf der mehrere Geschütze vor sich hin rosten. Wir richten sie auf den Bahnhof, dann auf einen Glockenturm. Eine ganze Stunde lang feuern wir zum Schein auf die Stadt.

Wir gehen zu den Ställen.

»Aufsitzen!«

Braune und Füchse, wohlgeformte und Klappergäule, Percherons und andere Kaltblüter, aus dem Norden und der Bretagne. Wir striegeln und bürsten sie, führen sie zur Tränke. Für die Burschen vom Lande ist die Pflege im Stall ein erholsamer Zeitvertreib. Ich hingegen habe immerfort Angst, einen Tritt abzubekommen. Es wird gefeixt, man verspottet mich als »Parisling«.

Dann sind wir wieder auf der Stube.

Der Essenholer kommt.

Wir sitzen auf Bänken an einem langen rissigen Holztisch, auf dem runde Brote und Feldflaschen liegen. Hände werden ausgestreckt. Der Unteroffizier nimmt eine Blechkelle und schüttet auf gut Glück jedem was ins Kochgeschirr. Der Fraß ist kalt. Macht nichts. Es wird gemampft und geschmatzt. Wir hauen auf den Tisch, brüllen:

»Wer will Nachschlag?«

Der Unteroffizier teilt Ziegenkäse aus.

»Ein Chabichou für jeweils zwei, Jungs. Da, fangt auf!«

Wir murren nicht länger, wir sind satt. Ein schöner Moment. Wir dürfen lesen, schreiben, uns unterhalten. Ein paar von uns verprassen in der Kantine ihren Sold, die anderen rauchen eine Zigarette.

»An der Salonikifront werden Freiwillige gesucht«, meint wer.

»Ich will zu den Tanks.«

»Mir gefällt die Luftwaffe besser!«

»Zwanzig Mann von denen, die '17 eingezogen wurden, fahren morgen früh an die Front.«

Tavernier setzt sich auf mein Bett. Er schnippt seine Kippe weg und zertritt sie mit dem Absatz.

»Hör mal, Petit-Louis, die haben mir den Urlaub gesperrt. Ich hab die Nase voll von der Kaserne. Du nicht?«

Ich bin Soldat 2558. An meinem ersten Tag fragte ich in der Bekleidungskammer: »Bekomme ich meine Sachen irgendwann zurück?« Mein Paket landete zwischen anderen. »Die kriegst du am Sankt-Nimmerleins-Tag zurück.« Ich bekam eine Uniform. Seither verspüre ich nur noch Erschöpfung, Mutlosigkeit und Langeweile.

Wir ziehen uns an. Uniform Nr. 1: blaue Jacke, Hose mit einem roten Streifen an der Seite, lederne Gamaschen. Wir schnallen unsere Koppel um, und auf geht's! An der Wache bleiben wir stehen, ein Unteroffizier erwidert unseren Gruß. Wir haben dienstfrei. Wir gehen in Richtung Stadt. Ah, Zivilisten, Frauen! Lachend stellen wir uns einem Mädchen in den Weg.

Ein stiller und dunkler Boulevard. Dann eine laute Straße, mit den flackernden Lichtern der Geschäfte. Die Place d'Armes. Im Gleichschritt gehen wir nebeneinanderher, lassen die Sporen an unseren Stiefeln laut klacken. An einem Juweliergeschäft bleiben wir stehen. Die Hände in den Taschen, gehen wir weiter. Im Kaufhaus ist Frauenwäsche ausgestellt, Korsetts und Kleider. Wir ziehen an den Schaufensterpuppen vorbei.

»He, ihr Schlauberger, hat man euch nicht beigebracht, dass man grüßt!«, ruft eine Stimme.

Ein Feldwebel. Wir stehen stramm. Der Feldwebel geht weiter.

»Hauen wir ab«, murmelt Tavernier.

Nach und nach schließen die Geschäfte, die Zivilisten eilen nach Hause. Wir begegnen keiner einzigen Frau mehr. Auf der Straße trödeln nur noch Soldaten herum. Sie alle finden sich auf der Place d'Armes wieder, wo sie auf und ab gehen, die Augen nach den prächtigen Cafés verdrehen, in denen die Offiziere verkehren, bevor sie schließlich in der Dunkelheit verschwinden.

»Spielst du eine Runde Karten mit, Petit-Louis?«

Anfangs ging ich mit Tavernier mit. Doch dann entdeckte ich ein kleines Lokal ganz nach meinem Geschmack, schlicht und ruhig, ein gemütlicher Unterschlupf. Keine Soldaten, und außerdem heißer Kaffee!

Fernand Robache, Schankwirt.

Ich drücke die Tür auf.

Eine Petroleumlampe erleuchtet den Raum, darin vier Marmortische, Stühle mit geflochtenen Sitzflächen und ein Tresen, den eine Grünpflanze ziert.

Ich setze mich in meine angestammte Ecke.

»Hier kommt Ihr Kaffee«, sagt die Wirtin. »Ich esse jetzt mit meinen Kindern.«

Endlich Ruhe, Stille und Einsamkeit. Ich blicke mich um, streiche über den Tisch. Schon habe ich ein paar Gewohnheiten. Dort auf der Untertasse ist der Zucker.

Ich nehme ein Löffelchen. Schön. Ich rühre in meinem Kaffee. Wie ungeschickt von mir! – immer schwappt was über. Ich nehme ein paar heiße Schlucke und fühle mich sogleich gestärkt.

Eingemummelt in meinen Mantel, wird mir nicht kalt. Ich könnte stundenlang so dasitzen. Ich rufe mir den Tag ins Gedächtnis. Der Unteroffizier tobt, aber ich mache mir nichts daraus. Ich werde überwacht, schikaniert, und anschließend vergesse ich! Ein ganz gewöhnlicher Tag. Ich habe gehorcht, habe es meinen Kameraden gleichgetan. Ohne groß was zu begreifen, habe ich ein paar Seiten aus der Dienstvorschrift heruntergeleiert.

Ich nehme noch einen Schluck.

Ich hole Bleistift und Papier aus meiner Tasche. Jeden zweiten Tag schreibe ich meiner Mutter. »Erzähl mir alles, was du tust«, hat sie gesagt. »Mehr hab ich derzeit nicht zum Glücklichsein.« Doch ich muss lügen: Das Essen ist gut, die Unterbringung auch, schreibe ich, wir werden nicht an die Front geschickt. Mein Vater würde auf derlei Lügen nicht hereinfallen, meine Mutter jedoch machen sie glücklich.

Ich lese wieder einen ihrer Briefe.

»Hab deine Karten erhalten und mich sehr darüber gefreut. Ich sehe, dir geht es gut, deinem Vater ebenfalls, sie sind zur Zeit in Sommesous auf Urlaub. Schreib mir, falls du etwas brauchst. Erkälte dich nur nicht, und mach keine Dummheiten. Madame Harbulot hat mir einhundert Sous geschenkt, ich schicke sie dir nächste

Woche, auch noch ein Päckchen. Auguste ist in Verdun, seine Stimmung ist trübe. Wann hört das endlich auf? Gestern kamen wieder Flugzeuge und haben uns bombardiert. Im Moment habe ich nichts weiter zu berichten. Herzliche Küsse.«

Meine Mutter schreibt schlecht, mit vielen Fehlern. Die Buchstaben sind krumm wie erschöpfte Figuren. Nach einem langen Arbeitstag wurde ihre Hand schwer und zittrig, das flackernde Licht der Lampe ermüdete ihre Augen. Die kleinen Zeichen: lauter Küsse. Ich zehre von diesem Glück. Vielleicht bekomme ich morgen wieder einen Brief? Leider ruft die Postordonnanz meinen Namen nicht sehr häufig auf. Abgesehen von meinen Eltern schreibt mir niemand. Meine Gefährten von der *Nord-Sud* haben mich bereits vergessen.

Macht nichts. Ich leide nicht unter meiner Einsamkeit.

Ich habe einen treuen Begleiter, ein Buch: »Das Feuer«, von Henri Barbusse. Ein gleichermaßen tragisches wie niederschmetterndes Werk. Ich komme nur langsam voran, kaum dass ich mehr als zehn Seiten pro Abend schaffe. Der Sinn vieler Sätze entgeht mir. Da sind Monologe, die ich schlecht verstehe, Fachbegriffe, über die ich stolpere. Bald bin ich so aufgewühlt, dass ich keinen klaren Gedanken mehr fassen kann und aufhören muss zu lesen.

Ich bin an der Front. Ich hebe Schützengräben aus oder kauere mich in einen Granattrichter. Mit jeder der Figuren identifiziere ich mich. Ich spüre, wie sie leiden, teile ihren Hass. Ich friere, habe Angst.

Und mit jedem Tag mache ich einen Schritt auf diese schreckliche Existenz zu!

Ich klappe das Buch zu.

Plötzlich fliegt die Tür auf, und zwei Männer treten ein. Die Wirtin kommt, während ihre Kinder sich an einen Tisch setzen und zu zanken beginnen.

»Sie stören Sie hoffentlich nicht beim Lesen?«, erkundigt sich die Wirtin.

»Aber nein.«

Ich betrachte ihre Gäste, zwei alte Kartenspieler. Sie haben ihre Ruhe.

»M'sieur!«, ruft Marguerite.

Ich nehme sie auf den Schoß und lasse sie auf und abhüpfen. Sie hampelt und rutscht herum, schlingt ihre bloßen Arme um meinen Hals.

»Noch schneller!«

Lachend gehorche ich. Vor mir das goldige Gesichtchen, die lebhaften, fröhlichen Gesten. Mein Herz ist erfüllt von schwermütiger Zärtlichkeit. Wir gern würde ich mich vorbeugen und dem kleinen Mädchen einen Kuss direkt auf den Mund geben.

»Diese Gören«, seufzt die Wirtin, »nichts als Flausen im Kopf.«

Sie blickt zu ihrem Sohn.

»Ich hoffe, er muss nicht wie sein Vater kämpfen.«

»Keine Sorge, Madame Robache, das ist der letzte Krieg.«

Ihr ernstes Gesicht, die schlichte Kleidung erinnern mich an meine Mutter.

Ach! Schon ist es Zeit, zu gehen. Ich bezahle meinen Kaffee: sechs Sous, und einen für die Sparbüchse von Marguerite.

»Auf Wiedersehen.«

»Auf Wiedersehen, junger Mann«, erwidern die Kartenspieler.

»Bis morgen«, sagt die Wirtin.

Soldaten kehren zur Kaserne zurück, laut hallen ihre Stiefelabsätze auf dem Pflaster. Ich lege einen Schritt zu, um pünktlich beim Appell zu sein. Dort drüben liegt der Bahnhof, an dem ich irgendwann voller Mut und Zuversicht ausgestiegen bin. Es geht ein eisiger Wind. Hinter mir die Lichter der Stadt, vorn ein undurchdringliches Dunkel. Ich gehe langsamer. Oben am Hang schließlich das Wachhaus.

Ich bin wieder auf der Stube.

Wie ein großer Vogel schaukelt die Lampe über dem Tisch, an den Wänden tanzen unwirkliche Schatten. Männer ziehen sich murrend aus, geraten aneinander. Tavernier erscheint mit seiner Clique. Sämtliche Kameraden sind heiter und berichten lauthals von ihren Heldentaten.

Ich kann einfach nicht wegsehen, nicht weghören.

Ich setze mich aufs Bett und ziehe mir langsam die Schuhe aus.

Dann plötzlich Trompetenschmettern: Zapfenstreich.

11

Die Tür öffnet sich einen Spaltbreit.

»Irgendwer krank?«, erkundigt sich der Sani in barschem Ton.

Jemand ruft:

»Ja, ich. Ich hab Fieber!«

»Hättest du das Aspirin genommen, wärst du gesund.«

Ich liege auf meiner Matratze aus Stroh und kann mich nicht bewegen, mein rechter Arm ist wie tot. Mir scheint, meine Schulter ist ein Nadelkissen mit Hunderten Nadeln darin. Ich bin schweißgebadet, meine Zähne klappern. Doch würde ich klagen, würden sie es mit Sicherheit ignorieren.

Um den Ofen haben sich ein paar Männer geschart. Einer von ihnen hebt ein Scheit auf.

»Ein echter Druckposten, wenn sie einen gegen Typhus impfen«, meint er. »So sitzen wir schön im Warmen.«

»Und morgen haben wir dienstfrei. Meinetwegen können die mir jede Woche eine Spritze verpassen.«

Fast wünscht man sich, krank zu werden. Grippe, Gelbsucht, Lungenentzündung oder eine Verstauchung, alles wäre einem recht. Auf dem Krankenrevier schiebt man einen ruhigen Lenz. Aber der wahre Druckposten ist das Lazarett. Von dort schicken sie einen auf Genesungsurlaub nach Hause.

Wie alle hier träume auch ich davon, mich zu verdrücken, nicht an die Front zu müssen. Es geht nicht darum, zu desertieren. Trotzdem würde ich eine Menge riskieren, um für dienstuntauglich erklärt zu werden.

Wir legen uns schlafen. Ein Soldat fantasiert im Fieber. Der Ofen geht allmählich aus und wird schließlich schwarz. Kälte dringt in die Stube. Arzneigestank verpestet die Luft.

Möglichst rasch einschlafen. Und bitte keine Träume! Vorsichtig wälze ich mich hin und her. Ich höre, wie irgendeine Uhr die Stunden schlägt. Ich fahre mir über die schweißnasse Stirn. Ich habe Durst. Ob ich jemanden rufen soll? Es würde ja doch niemand antworten.

Ein Albtraum quält mich: Ich mache Reitübungen in einer Manege, springe über Hindernissen, stürze. Der Feldwebel schreit: »Aufsitzen, verdammt!«

Plötzlich erkenne ich die Umrisse des Fensters. Ich träume nicht mehr. Gleich wird zum Wecken geblasen.

Im Hof werden Schritte laut. Heute sind wir vom Dienst befreit. Doch morgen, nächste Woche ...

Hätte ich doch bloß das Glück, von einem Pferd getreten zu werden!

Jäh kommt mir ein Gedanke. Er wächst und wird mit zunehmender Helligkeit deutlicher, er schaukelt und wiegt mich unter Flüstern, geheimnisvoll und unwiderstehlich.

»He, Petit-Louis!«

»Was ist los?«

»Kaffee«, brummt der Stubendienst. »Gib deinen Becher her.«

Die Kanne in der Hand, beugt er sich vor.

»Träumst du, oder was?«

Mein Becher ist voll, ich führe ihn zum Mund, um ihn urplötzlich und mit heiserem Geschrei durch den Raum zu schleudern.

»Bist du bekloppt! Schöne Bescherung!«

»Was ist hier los?«, erkundigt sich der Unteroffizier.

Man umringt mich.

Während ich mich mit verzerrtem Gesicht im Bett winde, brabble ich unzusammenhängendes Zeug.

»Er hat seit gestern Abend Fieber«, erklärt mein Bettnachbar.

Ich richte mich etwas auf und starre ihn an.

»Erkennst du mich nicht mehr? Was faselst du. Scheint, als würdest du deutsche Flugzeuge abschießen, wie Guynemer. Stimmt's? Erzähl's Tavernier, der hat dir immer zugehört.«

Ängstlich sehe ich meinen Freund an. Er kennt mich.

»Was ist los?«, fragt er. »Du quatschst wirres Zeug. Machst du dir Sorgen wegen irgendwas?«

Ich höre ihm nicht mehr zu. Ich zerbreche mir den Kopf auf der Suche nach einem guten Plan. Hin und wieder eine hirnrissige Bemerkung, eine blödsinnige Geste, tollpatschiges Benehmen, ein Wutanfall. Lauter Einzelheiten, die mir wohlwollende Zeugen verschaffen werden, wenn es erst soweit ist. Außerdem werde ich stammeln wie die Bauerntölpel, wenn wir wieder eine Seite Theorie herunterbeten müssen. Ich werde so tun, als hätte ich das Gedächtnis verloren.

Das übliche Kommen und Gehen auf der Stube.

Ich stelle meine Gepäckkiste aufs Bett und klappe sie auf. Dann hole ich meine Schätze hervor: einen kaputten Füller, einen Tintenstift, ein paar Tafeln Schokolade, eine Gedenkmünze aus Fourvières, die mir meine Mutter geschenkt hat, ein Taschenmesser, einen Fingerhut und Nähnadeln. Kichernd krame ich in dem Zeug herum.

»Machst du Ordnung?«, fragt mein Bettnachbar.

Lispelnd antworte ich:

»Ich räume meine Sachen auf.«

Ringsum ertönt schallendes Gelächter.

Bei mir denke ich: Lacht nur, wer zuletzt lacht, lacht am besten.

Der Tag geht vorüber.

Die Spritze tut nicht mehr weh. Trotzdem stöhne ich weiter. Kaum einer achtet darauf. Sie lesen Zeitung, streiten oder gehen in die Kantine.

Tavernier kommt zu mir.

»Wie geht's?«

Er greift nach meiner Hand.

»Du hast kein Fieber mehr. Bald kannst du aufstehen.«

Ich ziehe die Stirn kraus, antworte nicht. Nein, ich werde nicht aufstehen!

Ich hole eine kleine, silberglänzende Uhr aus meinem

Portemonnaie: ein Geschenk meiner Patentante, das mir viel bedeutet. Ich drehe sie in den Händen und wackle mit dem Kopf.

»He, Petit-Louis, fängst du etwa wieder an?«

»Vielleicht sollten wir ihn auf die Krankenstation schaffen?«

Ich halte die Uhr an mein Ohr.

»Ticktack, ticktack. Oh! Der große Störenfried!«

Ich werfe meine Decke zurück. Tavernier springt herbei, ich zerkratze ihm das Gesicht und stoße ihn weg. Dann stelle ich mich aufs Bett und schleudere meine Uhr mit voller Wucht zu Boden.

»Da. Fang!«

Ich verlasse die Kantine.

Ein schlaksiger Soldat läuft in dem menschenleeren Hof herum: mein Freund François. Als er mich sieht, kommt er angerannt. Er entblößt seine von Karies zerfressenen Zähne und stottert los.

»Was willst du schon wieder, Fanfoué?«

»Bevor Taverniers Clique losgezogen ist, haben sie unsere Betten umgestoßen. Kommst du mit? Wir zahlen's ihnen heim.«

»Nein. Das fällt bloß auf uns zurück.«

Auf einer Stube braucht es immer Prügelknaben. Das sind abwechselnd wir beide. Schlafen wir, schütten sie einen Becher Wasser über uns aus, oder sie legen uns ein Stück Zigarettenpapier auf die Hand und zünden es an. Einmal haben sie Fanfoué an den Tisch gefesselt und ihn mit Schuhcreme vollgeschmiert. Man beschuldigt uns aller möglicher Missetaten: wir würden das Gepäck umstoßen, die Krüge kaputt schlagen, Vorhängeschlösser aufbrechen. Dauernd brummt uns der Unteroffizier Stubendienst auf.

»Fanfoué, ich muss zu den Ställen.«

»Ich komme mit, hab genug Zeit.«

Mit herabhängenden Armen und einfältigem Lächeln folgt er mir überallhin, wie ein Hund. Im Gehen kickt er Steinchen vor sich her. Er bleibt stehen, spuckt aus und läuft weiter. Man sieht uns immer zusammen. Ein seltsamer Gefährte. Während keiner was mit ihm zu tun haben will, nehme ich ihn mir als Vorbild. Man verhöhnt mich und lässt mich allein mit »meinem Fanfoué«. Dem Unteroffizier sind wir zwei ein Gräuel. Bei Fanfoué war es leicht, sie hatten ihn von Beginn an auf dem Kieker. Er hat noch nie gewusst, wie man salutiert oder im Gleichschritt marschiert. Ich ahme ihn nach, und alle finden meine trottelige Art urkomisch. Nur der Unteroffizier lacht nicht. Eines Morgens sagte er stirnrunzelnd zu mir: »Sie wollen mich wohl verarschen, was! Nicht mit mir, da haben Sie sich geschnitten!« Ich tue jedes Mal, als hätte ich keine Ahnung, wovon er spricht. »Decamp, Sie haben fürs Erste zwei Tage Arrest.«

Ich spiele weiter meine Rolle, und es hagelt neuerliche Bestrafungen und Arbeitskommandos. Fanfoué und ich reinigen die Klos und auch sonst trifft man uns überall dort, wo es Drecksarbeit zu erledigen gibt. So kommen die Schikanen der Vorgesetzten zu jenen der Kameraden dazu. Ich habe so gut wie jeden Abend Ausgangssperre und komme nicht mehr in das kleine Lokal, in dem ich so gern war. Ich bin mir selbst in die Falle gegangen …

Eines Sonntagnachmittags sind alle unten in der Stadt. Am bläulichen Himmel künden Schäfchenwolken den Frühling an. Unsere Schritte hallen auf dem menschenleeren Hof, auf dem wir wie die Insassen eines Gefängnisses Runde um Runde drehen.

Fanfoué murmelt vor sich hin.

Plötzlich packt er mich am Arm.

»Wenn wir erst an der Front sind, werden sie schon sehen!«

Immerfort will er uns seinen Mut beweisen. Einmal ist er mit einem Säbel auf die Kameraden losgegangen. Da wäre ein Boche auf der Stube gewesen!

Wenn ich mit ihm zusammen bin, frage ich mich manchmal, ob ich nicht langsam tatsächlich durchdrehe. Ich stottere, verliere das Gedächtnis, kichere grundlos vor mich hin.

»Lass mich, Fanfoué, du tust mir weh.«

Er klammert sich an mich, zerrt an meiner Kleidung, kommt noch ein Stück näher und schnauft mir ins Gesicht. Auf seinen Wangen sind lauter Schnitte vom Rasieren, dazwischen kleine Büschel von Stoppeln. Seine Haare sind kurz geschoren.

»Ich … gleich.«

Er will mir unbedingt eine Geschichte erzählen. Immer dieselbe! Soll ich wirklich den ganzen Nachmittag hier mit diesem Schwachkopf verbringen?

Ich betrachte die Mauer. Sie ist niedrig, mit ein paar losen Steinen darin.

Ich blicke mich um: Niemand da.

Ich klettere hinauf. Vor Überraschung klappt Fanfoué die Kinnlade runter. Schon bin ich oben! Ich springe. Vor mir liegt die Stadt …

Kein Fanfoué mehr. Ich laufe, ich bin frei. Es kommt mir vor, als würde ich mit einem Schlag gesund. Oh, ich weiß … ich bin noch lange nicht am Ziel. Es fehlt mir an Einbildungskraft und Kühnheit. Ich müsste zur Essenszeit den Tisch umstoßen, müsste mir ein Gewehr schnappen und damit auf die Kameraden zielen. Dann würden sie mich aufs Krankenrevier verfrachten. »Petit-Louis ist durchgedreht.« Ja. Aber der Major würde mich genau unter die Lupe nehmen. »Noch so ein Simulant.« Er würde mich zurückschicken und bestrafen. Vielleicht würden sie mich sogar vors Kriegsgericht stellen …

Eine alte Brücke führt über das Tal. Ich stütze die Ellbogen aufs Geländer und betrachte das Wasser. Ich lasse einen Papierschnipsel hinabsegeln. Er treibt ungehindert zum Meer. Ich beuge mich vor. Noch ein Stück weiter und alles hätte ein Ende.

Ich höre mein Herz schlagen. Ich grabe meine Fingernägel in die Handflächen. Ich bewege meine Beine, hebe einen Arm, lasse ihn wieder sinken. Ich strecke die Brust raus. Ich lebe!

Plötzlich ertönt eine Trompete im Tal.

Man bläst zum Sammeln der Arrestanten.

»Petit-Louis, was machen Sie denn hier?«

Ich drehe mich um: ein Stubenkamerad, Pierre Lentaigne.

»Ich hatte die Nase voll und bin einfach über die Mauer rüber.«

Leise füge ich hinzu:

»Ich weiß nicht, wie ich unbemerkt zurückkomme. Sicher kriege ich wieder eine Strafe aufgebrummt.«

»Kommen Sie mit mir. Ich kenne den wachhabenden Unteroffizier.«

»Das wird sie nicht daran hindern, sich wieder gegen mich zu verschwören.«

»Sie dürfen den Mut nicht sinken lassen, Petit-Louis. Wirklich! Hören Sie auf, den Idioten zu spielen. Nehmen Sie sich zusammen.«

Er legt mir die Hand auf die Schulter.

»Ich werde Ihnen helfen.«

III

Pierre Lentaigne hat Wort gehalten. Er steht mir mit Rat und Tat zur Seite.

Ein vornehmer Junge, würde meine Mutter sagen, mit einer ebenmäßigen Stirn und nachdenklichen Augen, dazu schmale Lippen und ein energisches Kinn mit einem Grübchen. Eine sanfte Stimme, besonnene Gesten und ein klares Gesicht. Seit einer Woche höre ich auf ihn und kann mich nicht beklagen. Seine Anwesenheit gibt mir Kraft, zugleich besänftigt sie mich.

Am ersten Sonntag gehen wir gemeinsam aus.

Als wir durch das Tor sind, sage ich zu ihm:

»Heute können wir gehen, wohin wir wollen. Im Vergleich zu letztem Sonntag …«

»Du führst dich nicht mehr wie ein Schwachkopf auf. Also lässt man dich in Ruhe.«

Wir überqueren den Clain.

»Wo möchtest du gern hin, Petit-Louis? Aus dem Museum machst du dir nichts. Hast du die Kirchen gesehen?«

»Natürlich hab ich sie gesehen. Aber wir können sie gern zusammen besichtigen.«

Eine ansteigende Straße, gesäumt von dicht gedrängten dunklen Häusern. Wir gelangen zum Vorplatz von Notre-Dame-La-Grande.

Ich sage: »Die ähnelt in etwa der Taufkirche Saint-Jean, stimmt's?«

»Das hier ist Romanik. Du hast noch nichts gesehen. Komm mal her.«

Ich sehe Statuen, Säulen und Skulpturen und in der Mitte des Portals das Bildnis Gottes, mit erhobenem Arm, den aufrechten Körper in einen langen Mantel gehüllt.

Pierre ruft:

»Wie schön das ist, nicht wahr?«

»Schön?«

»Ja. Diese Gottesstatue, und die Engel. Findest du das nicht ergreifend?«

»Doch … aber ich verstehe nichts davon.«

»Da gibt's nichts zu verstehen. Ah, du musst erst die Sainte-Radegonde sehen, die ist noch viel schöner! Lass uns hingehen.«

Die Kathedrale steht in einem tristen, staubigen Viertel. Kleinere und große Türme, eine graue Fassade, die in einem einzigen Schwung zum Himmel emporsteigt. Schon fällt Schatten auf den Platz. Es ist still, nur ein Rabe lässt hin und wieder sein Gekrächze hören.

Pierre schiebt mich zum Portal.

»Dort, der heilige Laurentius mit seinem Eisenrost. Der heilige Dionysius, der sein abgeschlagenes Haupt trägt. Johannes der Täufer im Schaffell. In der Mitte die heilige Radegundis. Und da oben ist die Geschichte der Jungfrau Maria zu sehen: die Flucht nach Ägypten, erkennst du's?«

»Das ist mir früher nie aufgefallen.«

»Oh, wart's ab. Ich hab dir noch nicht alles gezeigt.«

Wir treten ein.

Die Bleiglasfester leuchten im Dunkel, das Kirchenschiff wird von einem goldenen Strahl erhellt.

»Man könnte meinen, es brennt.«

»Psst!«, macht Pierre.

Er benetzt meine Finger mit Weihwasser, dann bekreuzigt er sich. Er läuft ohne ein Geräusch, ich folge ihm. Der Geruch von Keller, Staub und Weihrauch steigt mir in die Nase. Vor einem Altar bleibe ich stehen, um dem Flüstern der Gebete zu lauschen. Pierre kniet sich hin. An einen Pfeiler gelehnt, betrachte ich den schwarzen Himmel des Gewölbes. Lautlos huscht eine Frau an mir vorüber. Den Kopf tief geneigt, betet Pierre. Auf einem Grab die Figur eines Bischofs, das Gesicht bleich, die Hände gefaltet. Ich habe den Eindruck, sein Mund könne sich jeden Augenblick öffnen.

Ich weiß nicht, wie man betet. Trotzdem empfinde ich Frieden, eine Art Vergessen, doch zugleich bin ich voller Sorge. Ich möchte besser sein, von meinen Lügen und Schwächen erlöst. Die aufkeimende Liebe, die mein Herz erfüllt, gilt meinem Freund Pierre.

Mit klarem Blick, das Gesicht strahlend wie das eines Heiligen, richtet er sich wieder auf.

»Bist du glücklich?«, fragt er mich in inbrünstigem Ton.

»Ja. Aber ich schäme mich auch für mich. Lass uns gehen, raus in die Natur, einverstanden?«

Draußen blendet mich das Tageslicht.

»Man möchte am liebsten weinen«, murmelt Pierre. »Man möchte schreien vor Glück. Kaserne und Krieg sind weit weg. Man fühlt sich rein, gleichgültig gegenüber allem, was nicht Gott ist.«

Bald schon befinden wir uns in der Natur.

»Als wären wir noch immer in der Kirche …«, meint Pierre. »Der Himmel über uns, die Bäume, die Felder …«

»Oh ja, was für ein schöner Tag! Du lässt mich nie allein, oder?«

»Wir können auseinandergehen. Aber ER wird dich nie verlassen.«

»Auch wenn ich nicht in die Kirche gehe? Bei uns zu Hause haben wir uns um Gott nicht groß gekümmert. Ich bin getauft. Aber die Erstkommunion hab ich nicht empfangen, mein Vater wollte nicht.«

»Jetzt bist du frei zu wählen. Ohne Religion kann man nicht leben, Petit-Louis. Du hast doch gesehen, wohin dich das geführt hat.«

»Ich hatte nie jemanden, der mir gesagt hat, was zu tun ist. Doch, einmal, als Lehrling habe ich einen Arbeiter getroffen, der so ähnlich redete wie du.«

»Was hat er dir erzählt?«

»Ich erinnere mich nicht mehr. Er war Protestant.«

»Ich bringe dich zu einem Priester, du wirst sehen.«

»Aber ich glaube nicht an Gott, Pierre. Ich kann nicht einfach so dran glauben. Du willst doch nicht etwa, dass ich mich wieder verstelle?«

Später.

»Gott wird dich von dir selbst erlösen, Petit-Louis, und von den Menschen. Er allein kann dir verzeihen, dir Trost spenden.«

Langsam kehren wir zur Kaserne zurück. Am dunklen Himmel funkelt zwischen den Wolken bereits ein Stern. Unten in der Stadt gehen allmählich die Lichter an. Der Abendwind geht, und das hochstehende Gras zu beiden Seiten der Landstraße bebt.

Pierre ist vor ein paar Tagen »als Verstärkung« an die Front geschickt worden.

Wie auf einer Pilgerreise gehe ich noch einmal die Orte unseres letzten Zusammenseins ab. Jeder Schritt bringt mir meinen Freund zurück. Er zeigte mir Insekten, einen Vogel oder eine Blume, damit ich sie bewundern lernte. Oder er wies in die Landschaft und sprach von Gott und seinem Himmelreich.

»Pierre, du hast mir beigebracht, die Welt um mich herum richtig anzusehen, ihre verborgene Schönheit und die Freude darin zu entdecken. Früher war ich blind. Ich bin nie rausgekommen, außer ab und zu in die Vorstädte, aufs kärgliche Land, ohne Größe und ohne Einsamkeit. Durch dich sehe ich die Welt anders an. Du bist fort, aber deine Begeisterung hast du mir dagelassen. Wenn ich nicht zu einem Priester mitkommen wollte, dann nur weil es mir schien, dass ich hätte wählen müssen, auf das Leben verzichten, das ich zu fühlen beginne, und nach dem ich mich sehne. Ich will es, selbst wenn ich es kaum kenne. Heißt das nicht auch zu lieben, wenn man das Verlangen verspürt, das Leben in vollen Zügen zu genießen, in der Sonne zu sein?«

Das Gemurmel, das aus den blühenden Obstgärten steigt, betäubt mich, der Duft macht mich trunken. Ich wanke. Vom Gehen müde, setze ich mich im Schatten eines Baumes ins Gras.

Ich hole einen Kanten Brot aus meiner Tasche und beiße herzhaft hinein. Ich wittere den guten Geruch von Erde und Gras. Ein Zweig streicht mir übers Gesicht; ich rupfe ein paar Blätter ab und kaue sie. Dann lege ich mich hin, verschränke die Arme unterm Kopf und sehe hinauf zum Himmel, an dem Wolken ziehen.

»Zu Pferde bin ich genauso schnell wie sie!«

Gestern bin ich mit dem Regiment querfeldein geritten. Die Bäume drehten sich im Kreis, die Felder flogen vorüber, die Dörfer verschwanden eins nach dem andern. Die Zügel fest in der Hand, aufrecht in den Steigbügeln, trieb ich meinen Schimmel mit fester Stimme an.

Auf dem Bauch liegend, entdecke ich Unmengen geheimnisvoller, winziger Tierchen im Gras, von denen ich bislang keinerlei Vorstellung hatte. Die Weizenfelder wogen, die Bäume senden Botschaften zum Himmel hinauf. Ein Bauer geht vorüber. Am liebsten würde ich rufen: »He da, guter Mann!« und meine Freude mit anderen Menschen teilen. Ein Summen, das von den Insekten herrührt, vom Zittern der Büsche, den Liebkosungen des Windes. Ich singe. Doch schon erstirbt der Ton meiner Stimme. Ich bin allein mit meinem neuartigen, lastenden Glück; und plötzlich werden mir Stille und Einsamkeit unheimlich.

Wie eine feindselige Welt zieht sich die Landschaft um mich zusammen. Ich stehe auf und laufe querfeldein zur Landstraße. Die Schwalben fliegen tief, der Abend kommt mit seiner Kühle. Ich bin froh, wieder unter Menschen, wieder in der Stadt zu sein.

Auf der Place d'Armes gehen Soldaten spazieren, Bürger im Sonntagsstaat und Gruppen junger Mädchen. Draußen vor den Cafés genießen Offiziere den Aperitif.

Ich bin erfrischt wie nach einem Bad und voller Lebenslust. Ein paar meiner Kameraden kommen auf mich zu.

»Kommst du mit was essen, Petit-Louis?«, fragt Tavernier.

»Warum nicht, hab einen Bärenhunger.«

Ein billiges Restaurant mit langen Tischen, auf denen Wachstuchdecken liegen, dazu Bänke wie in der Kaserne. Nur dass es hier verlockender riecht. Wir setzen uns. Einer von uns teilt die Suppe aus, ein heißer, fetter Gemüseeintopf, der in der Kehle brennt und eine Wohltat für den Magen ist.

Das Brot ist aus richtigem Weizen, und der Wein ist nicht sauer.

Die Kellnerin bringt einen Braten, Kartoffelpüree und nach Belieben Salat, ganz wie zu Hause.

Schweigend machen wir uns über das Essen her. Die

Ellbogen auf dem Tisch, schaufelt jeder riesige Happen in sich hinein, selbst die Teller kratzen wir leer.

»Noch einen Kaffee?«, fragt Tavernier.

Wir knöpfen unsere Jacken auf, schnallen unsere Koppel ab und lehnen uns auf den Bänken zurück. Wir rauchen. Die Lampen hängen in einer bläulichen Schwade. Um uns herum ist mächtig was los, Türen klappen. Das Lachen der Kellnerin ertönt.

Ich mag die lärmende Fröhlichkeit meiner Kameraden, ich lausche ihren Worten und Liedern, genauso wie ich vorhin anderen Stimmen gelauscht habe. Derselbe Strom, dieselbe Kraft, dazu der Schwung der Jugend. Nur einer fehlt mir, um restlos glücklich zu sein: Pierre. Er wäre bestimmt froh, wenn er sehen könnte, dass ich geheilt bin.

Wo ist er jetzt? Werde ich jemals wieder von ihm hören?

»Los, Jungs, auf geht's!«

Draußen zögert die Schar.

»Wir gehen in die Rue du Gaz«, beschließt Tavernier. »Petit-Louis?«

»Ich bin blank.«

»Keine Sorge, ich spendier dir ne Mieze.«

»Lasst doch. Seid vernünftig!«

»Das hättest du wohl gern! Wir sind nicht wie dein Freund, der Schwarzrock!«

Sie machen sich davon.

Mit der Gewissheit der Liebe, die ich im Herzen trage, das Gemüt beruhigt, der Körper schwer vor redlicher Müdigkeit, scheint es mir, Pierre würde meine Weigerung gutheißen. Ich habe die Erinnerung an unsere Freundschaft rein gehalten.

IV

Heute sind neue Rekruten eingetroffen. Sie sind gerade erst eingezogen worden. Wir mussten unseren Platz räumen und richten uns unterm Dach ein, in einer Stube, die von Ratten und Ungeziefer heimgesucht wird. Wir murren, doch auf die Idee, sich einen Besen zu schnappen, kommt niemand!

Ich setze mich auf mein Bett. Die Luft auf der Stube ist schlecht, man erstickt förmlich, aber ich werde nicht lange hierbleiben.

Mein Bettnachbar wirft seine Sachen auf den Strohsack.

»Dieser Umzug ist echt lästig«, sagt er zu mir. »Und heute Abend noch Stallwache!«

»Ich auch ... Soll ich Ihnen zur Hand gehen?«

Ich falte seine Wäsche den Vorschriften entsprechend. Er stapelt sie auf das Brett fürs Gepäck.

»Ich kenne dich. Du bist der, den wir Vollidiot vom dritten Geschütz genannt haben.«

»Ich heiße Petit-Louis. Und Sie Jacques Collin.«

»Woher weißt du das? Du kannst übrigens du zu mir sagen.«

»Warst du nicht bei den Offiziersanwärtern?«

»Stimmt genau. Aber sie haben mich durchrasseln lassen. Was soll's, ist mir egal.«

Seufzend blickt er auf sein Gepäck.

»Ist bestimmt schon Essenszeit. Kommst du mit zur Kantine?«

»Die Kantine kann ich mir nicht leisten.«

»Dann betrachte dich als eingeladen!«

Ein großer Saal, an den Wänden patriotische Banner, Gewehrpyramiden, Standarten. Rauchschwaden hängen in der Luft, Fliegen schwirren herum. Am Tresen geben Neulinge den alten Hasen einen aus.

Jacques Collin lässt sich an einem Tisch nieder.

»Drei Gedecke!«

Er wendet sich zu mir.

»Jetzt lernst du Lemoigne kennen.«

Er kommt. Ein kräftiger Kerl mit heiterem Aussehen, seine Augen leuchten, über den fleischigen Lippen sprießt ein blondes Milchbärtchen. Er gibt mir die Hand, dann schwatzt er mit seinem Freund. Ihr Gespräch versetzt mich in Staunen. Sie haben ein Zimmer in der Stadt, verkehren in den guten Cafés, sonntags fahren sie mit einem Boot auf dem Clain herum.

Sie machen sich übers Essen her.

Ich hätte gern dieses Stück Fleisch dort und ein paar Pommes frites.

»Deinen Teller«, sagt Lemoigne in barschem Ton.

Anschließend trinken wir Kaffee, dazu einen guten Weinbrand. Ich bin satt und zufrieden. Leicht verlegen krame ich in meiner Tasche, aber Jacques Collin tönt:

»Bist du verrückt!«

Er gibt dem Kellner einen Schein, das Trinkgeld fällt reichlich aus.

Ich erinnere mich nicht, ihn jemals aus dem Kochgeschirr essen gesehen zu haben, auch Lemoigne nicht. Zwei Glückspilze, die verwöhnten Söhnchen reicher Eltern. Die sich nicht mal was darauf einbilden.

»Bis nachher«, sagt Jacques Collin zu mir.

Anstatt auszugehen, werden wir die Zeit in den Ställen herumbringen.

Die abendlichen Spaziergänge durch Poitiers reizen mich nicht mehr. Ich langweile mich zu Tode auf den staubigen Boulevards, wo man immer nur Soldaten sieht, nichts als Soldaten. Die Kirchen mit ihren leblosen Statuen stimmen mich traurig. Pierre ist nicht mehr da, um mir Halt zu geben. Auch Tavernier nicht. Ein Typ, der immer gut drauf war; eines Tages beschloss er im Suff, sich freiwillig zu den Tanks zu melden.

Zuweilen habe auch ich den Wunsch, endlich an die Front zu kommen. Damit sich was ändert! Außerdem würde ich dort vielleicht den Freund finden, nach dem ich wie nach einer Geliebten suche, einen Jungen in meinem Alter, einfach, verständnisvoll, liebenswürdig und treu. Um geliebt zu werden, aber noch mehr, um mich selbst hinzugeben …

Ich lungere im Hof herum. Die Tage sind lang und strahlend schön, keine einzige Wolke am Himmel. Ich möchte die herrliche Zeit genießen und vergeude sie doch. Ich strecke die Arme aus, um das Leben zu greifen und finde nur seinen Schatten. In der Natur, wo ich anfangs glücklich war, langweile ich mich. Glücklicherweise gehen die Wochen dahin, bald werde ich an die Front geschickt.

Eine Decke unterm Arm, betrete ich die Stallungen.

Der Wachhabende sagt mir, was zu tun ist, und geht.

Ich schnappe mir eine Mistgabel und fange an.

»Schon bei der Arbeit!«, ruft Jacques Collin.

»Gibt ja auch ordentlich zu tun.«

»Ich weiß. Mir ist Wache schieben am Bahnhof lieber, da sieht man wenigstens Leute. Und manchmal lassen irgendwelche Poilus ihren Frust raus. Du warst doch auch dabei, als sie neulich in dem Fronturlauberzug brüllten: ›Nieder mit dem Krieg!‹«

»Nein, war ich nicht. Hier, der Besen gehört dir.«

»Immer sachte. Wir haben noch die ganze Nacht.«

Ich bin nicht sonderlich geschickt im Umgang mit Pferden, aber neben Jacques Collin nehme ich mich wie ein Profi aus. Er hat Angst, einen Tritt abzubekommen. Und dann auch noch Strohballen und Heu schleppen, die Ställe ausmisten, die Streu bereiten und das Kleiefutter! …

Er bewegt sich ungeschickt, in ständiger Angst, er könne sich seine Hände ruinieren.

»Stalldienst ist was für Dorfdeppen«, erklärt er. »Kommst du aus Paris?«

»Ich wohne in Montmartre.«

»Ich in Passy. Wir sollten versuchen, zusammen auf Urlaub zu gehen.«

Es wird dunkel.

Jacques Collin wickelt sich in seine Decke und legt sich auf einen Strohballen schlafen.

»Du weckst mich dann.«

Ich drehe eine Runde. Dann stelle ich meine Sturmlaterne ab und setze mich. Mein Kamerad schläft, die Fäuste geballt. Mit seinem bartlosen Bubigesicht, den rosigen Wangen und seidigen Lidern, den langen, geschwungenen Wimpern und dem leicht geöffneten, fleischigen Mund gleicht er wahrlich einem Kind. Er ist schön, gepflegt, edel und wohlgestalt – eine Gewächshauspflanze. Er ist dran mit Wache. Ich traue mich nicht, ihn zu wecken. Unvermittelt öffnet er die Augen.

»Leg dich ruhig auch hin«, sagt er zu mir. »Der Unteroffizier dreht heute eh keine Runde.«

Ich lege mich neben ihn. Er lächelt mich an und schläft weiter. Ich bin wach. In den Pritschen werden Tritte laut. Ein Pferd macht sich los. Ich stehe auf, fasse es an der Trense und bringe es an seinen Platz zurück. Einen schlechten Geschmack im Mund, die Beine bleischwer, gehe ich zurück und setze mich wieder.

Endlich dämmert es!

Jacques Collin wacht auf, gähnt und fragt:

»Bin ich dran?«

»Ich hab deine Schicht übernommen. Ich konnte nicht schlafen.«

»Bist ein echter Kumpel, Petit-Louis. Den Kaffee trinken wir nachher in der Kantine.«

Ich gehe hinunter in die Stadt.

Jacques hat mich eingeladen, bei ihm vorbeizuschauen. Im Gegensatz zu Pierre drängt mich mein neuer Freund zu irdischer Umtriebigkeit. Er ist reich. Wenn er seine drei Jahre rum hat, geht er nach Paris zurück. »Bislang hatte ich Glück hier im Regiment«, erklärt er gern. »An der Front wird's ganz sicher genauso.« Meine Mutter hat immer gesagt: Es gibt solche und solche. Jacques wird immer glücklich sein. Ich bin nicht neidisch. Schließlich bin ich auch nicht gerade zu bedauern. Jetzt habe ich zwei Kameraden, denen ich nicht mehr von der Seite weiche.

Hin und wieder erweise ich ihnen einen Dienst. Sie sind faule Hunde. Wir sollen Waffen, Trensen und Steigbügel putzen. Meine Freunde verziehen das Gesicht. Ich sage: »Gebt her euer Zeug. Heut Abend gehe ich eh nicht aus.«

Jacques' Lächeln entschädigt mich. Als ich ihn zum ersten Mal bei seinem Vornamen nannte, störte ihn das nicht. Ein einfacher Bursche. Seine Freundschaft tut mir gut. Ich frage mich, worin mein Glück eigentlich besteht. Jacques gibt nichts Weltbewegendes von sich, und doch kann ich mich an seiner Stimme nicht satthören.

Er wohnt im vornehmsten Viertel der Stadt, von wo aus man das Tal des Clain und unsere Kaserne sehen kann.

Ich lege einen Schritt zu. Ich kann es kaum erwarten, ihn wiederzusehen.

»Komm rein, Petit-Louis.«

Ich trete mir die Schuhe ab.

Ein großes Zimmer mit roten Vorhängen und Sesseln, an der Wand Gemälde. Die Fenster gehen auf Gärten hinaus.

»Wirklich toll hier!«

»Das einzig Gute ist die Koje. Setz dich.«

Er bietet mir eine englische Zigarette an, schnappt sich ein Buch und legt sich aufs Bett.

»Was hast du da Komisches an, Jacques?«

»Einen Pyjama. Gefällt er dir?«

Ich lasse meinen Freund nicht aus den Augen. Wie gewandt er sich bewegt, wie er sich gibt, all das erstaunt und begeistert mich. Ich bin stolz darauf, dass er mein Freund ist. Allein mit ihm in diesem Zimmer, vergesse ich die Kaserne. Ich bin erfüllt von Glückseligkeit, einer heftigen Freude.

Lemoigne kommt.

Er legt ab, bevor er sich eins von den Büchern aussucht, die sich auf dem Tisch stapeln. Dann macht er es sich in einem Sessel bequem und beginnt zu lesen.

»Was liest du, Lemoigne?«

»Gedichte. Hör dir das Sonett hier an.«

Mit ausgreifenden Bewegungen und bewegter Stimme trägt er es vor.

»Von Baudelaire«, sagt er zu mir.

»Kenn ich nicht.«

»Verlaine würde dir bestimmt besser gefallen. Hast du überhaupt jemals Lyrik gelesen?«

»In der Schule.«

»Sully-Prudhomme, vermutlich!«

Er sucht nach einem Buch auf dem Tisch.

»Steck das hier ein: ›Les Fêtes Galantes‹. Und ›Sagesse‹ leihe ich dir auch.«

Jacques ist aufgestanden und sieht mich lächelnd an.

»Wir gehen aus, oder?«

Wir ziehen los.

An der Place d'Armes betreten wir ein Caféhaus. Meine Freunde setzen sich und bestellen was zu trinken.

»Eine Partie Billard, Petit-Louis?«

»Davon habe ich keine Ahnung.«

Sie stehen auf. Ich wage nicht, mich zu rühren. Leicht geblendet vom Schein der Lüster blinzle ich. Offiziere lesen Zeitung, eine Frau mit tiefem Ausschnitt schleckt an einem Likör, zwischen zwei Grünpflanzen sitzt die Kassiererin vor ihrem Pult. Meine Freunde beugen sich über den Billardtisch.

Ich werfe mich in die Brust. Von draußen gaffen Soldaten herein, sogar Unteroffiziere, genau wie ich vor ein paar Monaten. Ich erblicke mich in einem Spiegel: das Käppi schneidig auf dem Kopf, eine weiße Krawatte um den Hals, sehe ich nicht mehr wie ein Frischling aus. Ich senke auch nicht mehr den Blick, wenn ein Offizier mich ansieht und klopfe die Asche meiner Zigarette gleichgültig über einer Untertasse ab. Ich erinnere mich noch gut an das kleine Lokal, als ich mit meinem Buch stumm und allein die Abende damit zubrachte, trübsinnigen Gedanken nachzuhängen. Diese Zeiten sind ein für alle Mal vorbei!

Lemoigne trinkt sein Glas aus.

»Und, wer gewinnt?«

»Jacot.«

Jacques winkt mir zu. Ich antworte ihm mit einem Lächeln, in das ich meine ganze Begeisterung, Dankbarkeit und Freundschaft lege.

Ich habe Lemoigne die beiden Bücher zurückgegeben, die er mir geliehen hatte.

»Und, wie fandest du sie?«

Ich stammelte irgendwas zur Antwort. Wie nur soll ich jenes neuartige, verwirrende Gefühl ausdrücken, dasselbe, das ich empfunden habe, als Pierre mir von Gott erzählte.

Lemoigne gibt mir einen Roman, »Madame Bovary«, und sagt: »Mit dem kommst du sicher leichter klar.«

Ein seltsamer Typ, dieser Lemoigne! In seiner Gegenwart fühle ich mich immer ein wenig unwohl. Manchmal sieht er mich dermaßen eindringlich an, dass ich den Blick senke. Auch hat er eine widerliche Angewohnheit: Wenn er begeistert von Kunst spricht, fasst er mich am Arm. Er redet von den Griechen, von der Freude, in der Sonne und am Meer zu leben, und vom herrlichen Anblick »schöner Jünglinge«. Er packt mich noch fester. Ergriffen lausche ich ihm, schweige aber. Sein aufgedunsenes Gesicht, die grünen Augen, sein ganzes Getue – alles stört mich an ihm. Vielleicht hat mich ja Jacques' Schönheit anspruchsvoll werden lassen?

Jacques! Ihm würde ich sklavisch gehorchen. Er weiß

es, doch er missbraucht seine Macht nicht. Für meinen Geschmack macht er sogar *zu wenig* Gebrauch davon. Er gestattet sich keine von Lemoignes Vertraulichkeiten. Fast bin ich versucht, mich darüber zu beklagen. In seiner Nähe bin ich unfassbar glücklich. Voller Bewunderung betrachte ich seine Augen, die seidigen Wangen und zartgliedrigen Hände.

Was ihm völlig gleichgültig ist. Die Verbundenheit, die er seinem Freund gegenüber bezeigt, macht mich eifersüchtig. Ständig sieht man sie zusammen. Ich möchte sein wie sie. Ich habe meine Hose und meine Jacke umändern lassen. Wie Jacques trage ich mein Haar jetzt nach »Drückeberger-Art« und feile mir die Nägel.

»Du putzt dich ja ganz schön raus«, meint Lemoigne zu mir. »Hast du etwa eine Geliebte?«

Er weiß genau, dass ich keine habe, schließlich gehe ich nur aus, wenn die beiden mich dazu einladen. Und inzwischen weiß er auch, wie viel mir Jacques' Freundschaft bedeutet. Einmal habe ich auf meiner Gepäckkiste einen Zettel mit einer merkwürdigen Warnung gefunden: »Es ist gefährlich, sein Tagebuch herumliegen zu lassen.« Tagelang grübelte ich darüber nach, wer in dem Heft gelesen haben könnte, in dem ich gelegentlich meine Gedanken notiere. Irgendwann rühmte Lemoigne die Verse, in denen ich Jacques' Schönheit huldigte.

Jacques weiß nichts davon. Nie würde ich sie ihm vorlesen, er würde sie nur lächerlich finden. Die Liebe, die ich empfinde, kümmert ihn nicht. Er verhält sich von Natur aus launisch und ausweichend. Die Grenzen unserer Freundschaft sind genau abgesteckt, trotz meiner Hingabe werden sie sich nicht ändern. Längst reicht sie mir nicht mehr, die gute Kameradschaft, die mich so glücklich gemacht hat. Die leichtfertige Art meines Freundes lässt mich leiden. Ich träume davon, genauso unersetzlich für ihn zu sein wie Lemoigne, wenn nicht sogar dessen Platz in seinem Herzen einzunehmen.

Lemoigne amüsiert sich über meine Anstrengungen. Er weiß genau, welche Macht er über Jacques hat. Oft verstehe ich nicht, was sie reden. Ich schäme mich, dass ich immer ihr Gast bin.

Die Freundschaft, die ich so sehnlich wünschte, hat mir nicht Glück gebracht, sondern ungeahnten Kummer, über den nichts mich hinwegtrösten kann. Manchmal sagt mir ein Lächeln von Jacques, dass ich hoffen darf. Dann wieder falle ich in ein tiefes Loch. Würde ich ein Mädchen lieben, die Qual wäre nicht größer. In bestimmten Momenten hasse ich Jacques. Seine Schönheit kommt mir grausam vor. Er ist unbekümmert, kalt, selbstsüchtig.

Wenn ich für nächste Woche Urlaub haben will, muss ich vor zwei Uhr im Büro vorstellig werden. Meine Mutter drängt mich in ihren Briefen (wie es scheint, kommt mein Vater bald).

Ich werde meine Abfahrt hinauszögern, damit ich zusammen mit Jacques reisen kann. Ein bisschen zwickt mich das schlechte Gewissen, aber was für eine Freude!

Jacques. Oh, wie glücklich wir sein könnten, wenn er nur auch wollte. Ich würde ihn umschwärmen, ihm so viel Liebe schenken, dass er Lemoigne auf der Stelle vergessen würde.

Ich bin allein auf der Stube. Ich gehe zu seinem Bett, auf dem er ein paar Kleidungsstücke liegen lassen hat. Eins nach dem andern lege ich sie ordentlich zusammen.

»Petit-Louis!«

Mit fröhlichem Gesicht setzt sich Lemoigne neben mich.

»Ich habe gute Neuigkeiten für dich«, sagt er betont langsam. »Als ich vorhin mit Jacot aus der Kantine kam, sind wir am Büro stehen geblieben, um den Aushang zu lesen.«

»Den Aushang!«

»Ja … wieso, was ist los?«

»Nichts! Nichts! Ja und?«

»Dein Name stand auf der Liste. Du fährst an die Front.«

V

Sie haben uns in einen Güterzug verfrachtet.

Seit dem frühen Morgen sind wir unterwegs, vom Scheppern der Räder platzt uns fast der Schädel. Von der Waggontür aus betrachten wir die vorbeiziehende Landschaft. Nieselregen fällt auf das eintönige flache Land.

Schließlich kauere ich mich hin.

Jacques hat versprochen, mir zu schreiben. Ob er Wort halten wird? Und Lemoigne? Gestern haben sie alles getan, um meinen Schmerz ein wenig zu lindern. Wir haben im Restaurant gespeist und eine Menge getrunken. Trotz allem war ich stolz auf meine horizontblaue Uniform. Die Worte meiner Freunde stiegen mir wie ein schwerer Wein zu Kopfe.

»Wir treffen uns dort«, sagte Jacques. »Gib mir auf jeden Fall deine Adresse. Wenn der Krieg vorbei ist, sehen wir uns wieder.«

Die einzelnen Dörfer bilden inzwischen nur noch eine riesige Stadt, mit Bahnhöfen, Abstellanlagen und Fabriken. In der Ferne ist unter einem Dunsthimmel Paris zu erkennen.

Der Zug hält.

»Noisy-le-Sec«, meint ein Mann. »Wir sind nicht mehr weit von zu Hause.«

»Du stammst auch aus Paris!«, sage ich.

»So in etwa. Falls wir länger haltmachen, mache ich mich vom Acker. Guck mal, Straßenbahnen! Wir bräuchten nur einzusteigen.«

Meine Mutter würde sich freuen, mich in meiner Soldatenkluft zu sehen.

»Denkst du wirklich?«

»Ich horch mich mal um.«

Kurz darauf ist er wieder da.

»Die haben uns bis morgen früh hier abgestellt«, flüstert er.

»Bist du sicher?«

»Scheint so. Wir können getrost die Fliege machen, der Unteroffizier hat sich gerade zum Soldatenheim aufgemacht ... Kommst du mit?«

»Na los.«

Wir springen raus, schleichen zwischen zwei Reihen Waggons hindurch und rennen den Bahndamm entlang. Ein Schnellzug rast tutend vorbei. Wir steigen über Gleise und gelangen schließlich schwer atmend an einen Bretterzaun.

»Bist du schon mal über die Eskaladierwand?«, fragt mich mein Begleiter. »Hopp!«

Mit einem Satz sind wir drüben auf der Straße.

Eine gelbe Straßenbahn hält.

Wir steigen ein. Sie ist voll mit Arbeitern und Arbeiterinnen. Ich sehe wieder vor mir, wie ich vor ein paar Monaten aus dem Werk kam, in meinem blauen Arbeitsanzug, die Hände schwarz. Man starrt uns an. Wir straffen uns. Ein paar Frauen murmeln: So jung und schon Soldat! Die Straßenbahn rattert laut über belebte Avenuen dahin. Plötzlich ruft der Schaffner: »Endstation!«

Wir haben die ehemaligen Befestigungsanlagen erreicht, den Stadtwall von Paris.

»Treffpunkt wieder hier«, sagt mein Kumpel.

Das Viertel, in dem ich wohne, ist nicht weit entfernt. Je näher ich komme, desto schneller schlägt mein Herz. Als kleiner Junge bin ich durch diese Straßen gerannt. Jetzt renne ich wieder, und meine Sehnsucht ist noch größer. Vor mir taucht die Rue Ordener auf, dann eine Kreuzung und Geschäfte, alles wohlvertraut, schließlich unser massiges Haus.

Ich trete ein. Zum Glück sitzt die Hausmeisterin gerade bei Tisch. Knarzende Stufen, Staub auf dem Geländer, alle paar Meter ist mein Name in die Wand geritzt. Im fünften Stock hole ich tief Luft. Ich stürze die Treppe hinauf.

Ich hämmere an die Tür.

»Ich bin's, Mama!«

Keine Antwort. Ich hämmere stärker. Nichts. Ich lehne mich ans Geländer.

»Und dafür der ganze Aufwand …«

Ein Gedanke kommt mir in den Sinn.

»Sie muss bei ihrer Chefin sein!«

Ich klammere mich an diese Hoffnung, während ich mich auf den Weg mache. Ein Taxi rauscht dicht an mir vorbei, die Passanten starren mich an. Schließlich stehe ich vor Madame Harbulots Tür.

Ich klopfe. Ich warte, endlos, wie mir scheint, schließlich höre ich einen Schlüssel im Schloss. Jemand öffnet die Tür.

Meine Mutter erscheint.

»Du meine Güte, Petit-Louis!«, stößt sie aus und nimmt mich in die Arme. »Du hier!«

»Allerdings!«

Sie lacht und bugsiert mich ins Vorzimmer.

»Ich sag nur rasch meiner Chefin Bescheid. Dann gehen wir nach Hause.«

»Hör mal … ich bin nicht auf Urlaub hier. Ich bin abgehauen. Ich komme aus Noisy-le-Sec. Ich bin gerannt und gerannt. Was, bist du etwa böse deswegen?«

»Du musst also gleich wieder los?«

»Erst nachher.«

Plötzlich taucht Madame Harbulot auf. In wütendem und zugleich heiterem Ton berichtet ihr meine Mutter von meinem heimlichen Ausflug.

»Was für eine verrückte Idee!«, meint Madame Harbulot, »Sie sind ja vollkommen verschwitzt. Wir machen Ihnen rasch was zu essen. Kommen Sie mit in die Küche.«

In aller Eile richtet meine Mutter einen Teller mit den Resten vom Abendbrot her.

»Du sagst ja gar nichts«, meint sie.

»Rede du. Ich hab den Mund voll.«

»Was soll ich schon groß erzählen? Ich bin viel zu überrascht. Du siehst, wie nett meine Chefin ist. Leider geht sie bald weg aus Paris.«

»Hat sie wegen der Flugzeuge Angst?«

»Da kommt sie. Ich erklär's dir später …«

Madame Harbulot setzt sich auf einen Hocker. Sie sieht mich an, und ich senke den Blick nicht. Sie hat sich die Haare zurechtgemacht und Puder aufgelegt – ich bin wie verzaubert von ihrem Gesicht.

»Langen Sie ordentlich zu«, sagt sie zu mir. »Madame Decamp, machen Sie eine Flasche Bordeaux auf. Wir wollen auf Ihre Gesundheit anstoßen, Petit-Louis. Aber eigentlich sind Sie nicht mehr Petit-Louis, Sie sind ein richtiger Frontsoldat.«

»Und ob! Wie kräftig er geworden ist«, bemerkt meine Mutter stolz.

Ich habe aufgegessen.

»Gehen wir hinüber in den Salon«, sagt Madame Harbulot.

Ein stilles, heimeliges Zimmer mit gedämpftem Licht.

»Setzen Sie sich neben mich, hierher aufs Sofa. Erzählen Sie mir was von Ihrem Leben, von Ihren Kameraden.«

Ihre weiße, mit Ringen geschmückte Hand liegt neben meiner. Sie trägt einen verzierten, leicht schimmernden Morgenmantel. Bei jedem meiner Sätze lächelt sie. Hin und wieder legt sie ihren Kopf ein wenig schräg, um mich zum Weitersprechen zu ermuntern. Ich komme ins Stottern. Ich habe das Gefühl zu träumen. Nie werde ich mich zum Weggehen durchringen können.

Ein Tablett im Arm, kommt meine Mutter herein. Madame Harbulot reicht mir ein Glas.

»Auf Ihre Siegestaten«, sagt sie.

Langsam trinke ich mein Glas aus, wobei ich den kleinen Finger abspreize, wie Jacques es immer tat. Ich trinke noch eins. Die Hitze des Weins steigt mir zu Kopfe. Ich rutsche tiefer ins Sofa hinein. Meine Schulter streift die Schulter von Madame Harbulot.

Plötzlich meint meine Mutter:

»Pass auf, dass du nichts dreckig machst. Außerdem glaube ich, du musst los.«

»Ich hab noch genug Zeit!«

»Machen Sie keinen Unsinn«, verkündet Madame Harbulot. »Wenn Ihre Kameraden nun ohne Sie abfahren ...«

Sie steht auf. Ich ebenfalls, die Kehle wie zugeschnürt.

»Petit-Louis, darf ich Ihnen einen Kuss geben?«

Sie kommt näher und berührt mit ihren Lippen ganz leicht meine Stirn.

Meine Mutter nimmt mich in den Arm und bedeckt mein Gesicht mit Küssen. Jäh mache ich mich los und rufe:

»Auf bald!«

Die Straße ist menschenleer. Meine Schritte hallen rhythmisch auf dem Pflaster. Ich erreiche den Stadtwall von Paris. Von meinem Kumpel keine Spur. Sei's drum. Ich springe in eine Straßenbahn.

Noisy-le-Sec.

Ich flitze Richtung Bahnhof, überwinde einen Bretterzaun, schleiche zwischen Waggons hindurch. Die Angst, erwischt zu werden, sitzt mir im Nacken, eine ganze Weile laufe ich herum. Ich mache mich auf die Suche. Nichts. Vielleicht sind sie schon weg? Plötzlich Schritte am Bahndamm. Mein Fluchtgefährte kommt angerannt.

»Da bist du ja«, sagt er zu mir. »Ich hab sie noch nicht gefunden.«

»Dann müssen wir uns eben allein durchschlagen.«

Bahnarbeiter rangieren irgendwelche Waggons. Wir machen uns in ihre Richtung auf.

»Ein Transport nach Marcilly-le-Grand? Wir stellen den Zug nach Troyes zusammen, bestimmt ist er das.«

Wenig später haben wir die Kameraden gefunden.

Schnarchend schlafen sie auf dem blanken Boden.

Ich lege mich ebenfalls hin. Ich denke an mein Abenteuer. Züge fahren vorüber, senden Signale in die Nacht. Ich schließe die Augen.

... Bei Tagesanbruch fahren wir los.

Gegen Abend erreichen wir Marcilly-le-Grand.

Wir steigen aus dem Zug. Die Tornister auf dem Rücken, die Gewehre geschultert, begeben wir uns auf die Suche nach einem Quartier. Der Tornister ist schwer, und die Brotbeutel schlenkern beim Gehen links und rechts. Schließlich kommen wir in einer Scheune unter. Die Holzbalken ragen wie Galgen auf, zwischen den Dachziegeln dringt blaues Licht herein, der Wind pfeift. An den Wänden aus Lehm liegt Stroh.

In einer Ecke werfe ich meinen Tornister hin und

schnalle mein Koppel ab. Ohne meine Schuhe auszuziehen oder die Wickelgamaschen abzulegen, lege ich mich hin. Welche Erleichterung! Kein Krach mehr, keine Bilder!

Plötzlich stößt mich wer.

»Bleib gefälligst auf deiner Seite«, herrscht mich eine Stimme an. »Du nimmst ja alles Stroh für dich.«

Neben mir liegt ein Mann. Ich rücke weg, aber links von mir wird ebenfalls geschnarcht. Durch die Tür, zwischen den schwarzen Sprossen einer Leiter, sehe ich den Sternenhimmel. Ich höre Frösche quaken und Grillen zirpen. Eine Sommernacht, tief und friedlich. Wir liegen auf dem Stroh wie Feldarbeiter abends nach der Ernte.

Als ich aufwache, ist es bereits heller Tag.

Mein Nachbar zieht sich an. Ich frage ihn, wo hier die Waschbecken sind.

»Du hast den Brunnen zum Frischmachen.«

Mit spöttischem Gesichtsausdruck sieht er zu, wie ich Ordnung in meine Ausrüstung bringe.

»Keine Bange, du bist nicht mehr in der Kaserne. Hier kommt keiner zur Inspektion.«

»Und was machen wir?«

»Wir verplempern unsere Zeit. Gibst du einen Wein aus bis zum Essen?«

Er ist ein alter Hase. Er führt mich zu einem kleinen Laden am Ende einer Gasse. Er trinkt, raucht und pöbelt mit seinen Freunden herum.

»Bläst du etwa Trübsal, Kleiner? Trink was, dann geht's vorbei.«

Ich bin nicht traurig. Ich beobachte meine neuen Gefährten. Alle fühlen sich wohl. Sie reden vom Ende der Kampfhandlungen, vom Urlaub oder dem Kranksein. Keinerlei Auflehnung, eher Resignation. Hin und wieder flucht einer. Die Boches, die Offiziere, die Zivilisten, die Regierung, alles scheren sie über einen Kamm. Ihre eingefallenen Gesichter sind zerfurcht, der Blick trübe und glasig, ihre Stimmen schleppend, rau und melodisch, die Gesten schwerfällig, kaum, dass sie die Füße vom Boden kriegen. Sie könnten genauso gut der Weihnachtsmann sein, der Ewige Jude, Jacques Bonhomme!

Plötzlich wird die Tür aufgerissen.

»He, Jungs, ihr werdet zum Arbeiten gesucht!«

Brummend erhebt sich mein Nachbar.

»Na los, Kleiner!«

Wir kehren zum Quartier zurück.

Ein Unteroffizier treibt die Männer zusammen. Wir machen uns auf. Ohne jede Ordnung trotten wir aus der Stadt. Zu beiden Seiten der Straße riesige Weizenfelder, die sich bis zum Horizont erstrecken und in denen weder ein Baum noch ein Dorf zu sehen ist.

Wir erreichen das Schießgelände des Artillerieparks. Dort warten bereits Wagen mit Munition auf uns, die wir ausladen sollen.

Wir krempeln die Ärmel hoch. Ich gehe zu einem der Fahrzeuge, und der Fahrer gibt mir eine Granate. Ich schleppe sie ein paar Hundert Meter weit, in eine Art Bau.

Die zweite Granate kommt mir viel schwerer vor, ich runzle die Stirn. Drei, vier … zehn Granaten. Mit dem Handrücken wische ich mir übers Gesicht. An die dreihundert Kilo Eisen habe ich bereits geschleppt, und es geht immer noch weiter! Wie die Ameisen laufen meine Kameraden hin und her. Ich reihe mich wieder ein. Mit jedem Gang, scheint es, werden die Granaten schwerer, rückt der Unterstand, an dem ich sie ablegen muss, weiter weg.

Mit krummem Rücken und zittrigen Beinen stolpre ich japsend voran, die Granate umklammernd wie ein Ungetüm, das mir nicht entwischen darf.

»Nur Mumm, Kleiner!«, ruft mir mein alter Kamerad im Vorbeigehen zu.

Alles wuselt um die Wagen herum, und immer noch kommen neue Fahrzeuge an. Ich strecke mich durch. Um mich ein wenig aufzumuntern, denke ich an meinen heimlichen Ausflug zurück. Ich sehe meine Mutter vor mir, Madame Harbulot, das kleine Wohnzimmer. Wie weit weg das alles schon ist! Mein Körper schmerzt. Meine Kleidung und die Hände sind voller Rostflecken und Grünspan. Neuerliche Befehle, wieder Gebrüll und Beschimpfungen. In mir mischt sich Neugier mit Verdrossenheit, Verzweiflung mit Stolz, der Freude, mich stark zu fühlen und endlich ein Mann zu sein.

Die Sonne scheint, die Hitze flirrt am Horizont. Dort hinten erstreckt sich Marcilly, mit seinen alten Häusern und der Kirche.

VI

Ein General soll zur Inspektion in unser Ausbildungslager kommen.

Jeder von uns muss ran.

Während ich eine Schubkarre über die Chaussee schiebe, liest ein Kamerad mit der Schaufel den Abfall auf.

»Petit-Louis!«

Ich drehe mich um.

»Das gibt's nicht, Tavernier!«

Pausbäckig und fidel wie immer drückt er mir die Hand. Dann tönt er mit seiner raumgreifenden Stimme, dass es eine Wohltat ist:

»Was treibst du denn hier?«

»Ich bin jetzt Straßenwärter, wie du siehst.«

»Und ich Privatier! Bei den Tanks lief's nicht so gut, ich bekomme Herzrasen. Da haben sie mich zur Artillerie zurückgeschickt. Ein echter Druckposten, ein Onkel von mir wohnt nämlich hier. Aber das erzähle ich dir heute Abend, abgemacht?«

Um sechs ist er bei uns im Quartier.

»Lass uns zu meinem Onkel gehen.«

Zuerst folgen wir einer Avenue und nehmen anschließend die Rue des Dames-Gilles, eine stille, fast ländliche Straße.

»In dieser Gegend war ich noch nie.«

»Das wundert mich nicht. Da vorne ist es!«

Ein merkwürdiges Haus mit einem einzigen vergitterten Fenster in der rötlichockergelben Vorderfront, ein unheimliches Gebäude, Lazarett oder Gefängnis.

Tavernier drückt eine mit Blechplatten verstärkte Tür auf. Wir betreten einen düsteren Gang, plötzlich Geräusche wie von einer Wahlveranstaltung, Gegröle.

Ich bleibe stehen.

»Komm weiter«, brummt Tavernier. »Wir sind bei meinem Onkel, ehrlich!«

Der spielt mir doch wieder einen Streich. Ich will umkehren, aber er schubst mich vorwärts.

»Gaston ist ein prima Kerl, du wirst sehen, und meine Tante auch. Ich hab ihnen schon viel von dir erzählt.«

Ein weiteres Gebäude bildet zusammen mit dem ersten einen Hof, auf den die Fenster des einzigen oberen Stockwerks gehen. Unten im Erdgeschoß mehrere Eingänge, breit und hell.

»Guten Abend, die Sippschaft!«, ruft Tavernier.

Wir betreten einen Raum, der Büro und Hinterzimmer zugleich ist. An den mohnblumenfarbenen Wänden ein paar Stühle, zwei Tische, ein Polstersessel und ein Paravent mit chinesischen Motiven.

Hinter dem Zahltisch thront eine dicke junge Frau mit Doppelkinn und bloßen Armen, aufgetakelt wie eine Schaufensterpuppe. Tavernier stellt mich vor, und sie streckt mir ein mit Ringen geschmücktes Patschehändchen entgegen.

»Herzlich willkommen bei uns«, sagt sie geziert. »Die Freunde von Charles sind auch unsere Freunde.«

Ein Mann stürmt herein, ein stiernackiger Kraftprotz, der aufgebracht wirkt.

»Da bist du ja endlich, Charlot«, tönt er barsch. »Komm, ran an den Zapfhahn.«

»Darf ich dir Petit-Louis vorstellen, meinen Kumpel von der *Nord-Sud*.«

»Freut mich, junger Mann. Na dann, ich muss wieder. Bin im Saal, die Muschkoten schlagen ordentlich Krach.«

Die Wirtin fingert an ihrer Frisur herum.

Tavernier zapft Biere.

»Einmal kurz gepennt, und schon hast du ein Bier ohne Schaum«, sagt er.

Ich passe auf wie ein Luchs. Immer wieder sticht Frauengekreische und schrilles Lachen aus dem Lärm heraus. Ich strecke den Kopf vor, um einen Blick in den Saal zu erhaschen. In einer Rauchschwade erkenne ich Zuaven mit einem Fez auf dem Kopf, Kolonialsoldaten und Jäger, Frauen in knappen Kleidern.

Das Geschrei ist ohrenbetäubend. Der Geruch von Alkohol, Tabak und Patschuli steigt mir zu Kopfe. Schwindelgefühl.

Ich sage zu Tavernier:

»Bis dann, Kumpel.«

»Was ist los? Bist du krank!«

»Sie stören doch nicht«, erklärt die Wirtin.

Geschirrtuch über der Schulter, taucht schwitzend und keuchend Monsieur Gaston auf.

»Keine Ahnung, was heute Abend in die gefahren ist«, brummt er. »Trinken wir was, Kinder?«

Ein herzensguter Kerl, raubeinig und laut: So verlangt es der Beruf. Fünfzig ist er, aber mehr auf Draht als ein junger Typ, mit Durchsetzungskraft. Er fragt mich, wo ich wohne, lautes Gewundere seinerseits. Er stamme auch aus »Montmertre«. Tavernier erzählt ihm, dass ich in Poitiers nie in die Rue du Gaz mitgehen wollte. Er lacht schallend los.

»Würdest du hier arbeiten, dürftest du aber keine Hemmungen haben, Petit-Louis.«

Ich lächle. Innerlich aber schäme ich mich. Dieser Tavernier kann es einfach nicht lassen!

»Kommst du wieder?«, fragt er mich.

»Ja.«

Ich drücke die Hand, die Monsieur Gaston mir hinhält und sage der Wirtin Auf Wiedersehen. Frauen und betrunkene Soldaten drängen ins Büro. Angewidert und fest entschlossen, nie wieder einen Fuß in diesen Laden zu setzen, mache ich mich davon.

Tavernier kommt in unser Quartier.

»Was treibst du denn?«, sagt er. »Lässt du mich wieder hängen? Wieso?« Fragend hebt er die Schultern. »Ist es dir etwa peinlich, zu meinem Onkel zu gehen? Allzu viel schöne Zeit ist uns schließlich nicht vergönnt.«

»Ich habe kein Geld.«

»Du musst weder was trinken noch mit den Miezen

schlafen. Gaston findet dich nett. Du könntest sogar was dazuverdienen, wenn du uns zur Hand gehst.«

Meine Mutter schickte mir gelegentlich eine Zahlungsanweisung über zehn Francs. Niemals mehr. Mein Vater verkaufte nicht mehr sonderlich viele Pfeifen und Feuerzeuge und wartete genauso ungeduldig auf eine Zahlungsanweisung.

»Du wirst dir einen Haufen Annehmlichkeiten leisten können«, fährt Tavernier fort. »Komm schon, auf geht's. Da ist nichts Unehrenhaftes dran!«

Wir kommen ins Bordell. Es ist Zahltag, folglich herrscht Gedränge. Die einfachen Soldaten warten im Flur. Die Glückspilze haben bereits den Saal gestürmt. Dort herrscht Chaos, das reinste Tohuwabohu, Monsieur Gaston hat alle Hände voll zu tun.

»Was willst du trinken, Jäger? Und du da, Nachschieber? Hopp hopp, entscheidet euch!«

Dann schreit er:

»Blanche! Ein Soldat verlangt nach dir.«

In nachlässigem Aufzug, seine behaarten Arme zeigend, rennt er durch die Gegend und befördert mit einem Wort, einem Lächeln oder schlicht per Stoß in die Rippen jeden an seinen Platz. Beschwert sich jemand, packt er ihn am Kragen und setzt ihn unter allgemeinem Beifall der Soldaten und Frauen kurzerhand vor die Tür. Unter den wohlwollenden Blicken der Wirtin folge ich Tavernier.

Er bringt mir bei, wie man Bier zapft und anständige Schaumkronen hinbekommt, und auch, wie Liköre und

Weinbrandkirschen serviert werden. Ein Tablett in der Hand, geht er. Dann kommt er zurück und dröhnt:

»Sechs Bier, randvoll!«

Er treibt mich an, geht mir zur Hand. Das Bier fließt in Strömen. Schließlich löst er mich am Zapfhahn ab.

»Geh du kellnern, Petit-Louis. Bezahlt wird gleich. Und versuch, ordentlich Trinkgeld rauszuschlagen.«

Ich zwänge mich in den Saal. Das Tablett in meinen Händen schwankt, jemand ruft: Pass auf, gleich kracht's! Aber alles läuft glatt.

Vier Lampen hängen an der Decke, in jeder Ecke des Saals eine. Sie erzeugen eine Jahrmarktsatmosphäre. An den Wänden hängen zwei prächtige, kunstvoll gearbeitete Spiegel, Fahnen, Girlanden, Spruchbänder und Lampions.

Eine Dekoration wie zum Nationalfeiertag oder beim Bal Musette, doch die Soldaten, unempfänglich für die Fundstücke von Monsieur Gaston, haben nur Augen für die Frauen. Sie sitzen in Grüppchen auf Bänken um speckige Tische herum. Keinerlei Stühle oder Sessel, Achtung, gleich kracht's! Sie trinken und singen. Sie rufen nach den Frauen, ziehen sie auf ihren Schoß, fummeln an ihnen herum und schnauzen sich gegenseitig an, weil sie jetzt dran sind, mit Yvonne, Gaby oder Marcelle aufs Zimmer zu gehen.

Ein Dutzend Frauen, junge, reifere, dralle, dürre, große und kleine, aber allesamt herausgeputzt, geschminkt und in leichten, tief ausgeschnittenen Rüschenkleidchen, die sie wie Tänzerinnen aussehen lassen. Sie sind fröhlich, aufreizend, verführerisch, redelustig, affektiert oder schlicht und lassen hin und wieder eine anzügliche Bemerkung fallen.

»Spendierst du uns eine Flasche Sekt, Süßer?«

»Schätzchen, kommst du mit rauf?«

Ein Soldat steht auf und verschwindet mit einer Frau im Arm.

Monsieur Gaston überwacht das Kommen und Gehen.

»Du von den Jägern! Zuerst wird bezahlt.«

Gepudert und strahlend, mit riesigen Klunkern an den Ohren, thront die Wirtin auf ihrem Platz, wo sie mit einem Lächeln Hundertsousscheine in Empfang nimmt. Versucht ein Soldat zu verhandeln, hagelt es Schimpfwörter. Manchmal knöpft sie sich auch die Frauen vor. Ginette war eine geschlagene Stunde mit einem Liebchen zusammen, und Jeanne, diese Faulenzerin, hat immer noch nicht losgelegt!

Jeanne, Ginette, Blanche, Gaby, Yvonne, Carmen, Odette, Marcelle, Flora, Lily, Irène, Louisa, eine nach der anderen kommen sie zur Kasse, jede mit irgendeinem Trottel im Arm, den sie wie eine Beute umklammern. Sie verlangen ein Bier, das sie in einem Zug austrinken. Auf ihren Lippen, in ihren Augen blitzt es lüstern. Eine, Lily, hat sich bei mir bedankt. Sie wollte wissen, ob die Arbeit was einbringt. Ohne die Antwort abzuwarten, ist sie wieder weg. Bestimmt hat Tavernier ihr von mir erzählt.

Mitternacht.

Monsieur Gaston lässt den Saal räumen.

»Ein Bierchen noch«, betteln ein paar Soldaten.

Einige schlafen, die Ellbogen auf dem Tisch, andere streiten lautstark, und Monsieur Gaston droht mit der Polizei.

Ich helfe Tavernier, den Saal zu reinigen. Das reinste Schlachtfeld. Schmutzige Gläser, auf den Tischen riesige Lachen, auf dem Fußboden Kautabak, Papier und Spuckeinseln. Es riecht nach Zoo, es duftet nach Reispuder, es stinkt nach Alkohol.

»Bist du zufrieden?«, fragt mich Tavernier.

»Ja. Aber ich bin's nicht gewöhnt, mir ist ziemlich schwindlig.«

Ein paar Frauen gehen vorüber.

»Wir hauen uns in die Falle. Gute Nacht.«

Die letzte küsst Tavernier direkt auf den Mund.

»Ich warte auf dich, Charlot.«

Ich komme gegen sechs Uhr abends ins Bordell, wenn sich alle zum Essen einfinden.

Tavernier und sein Onkel »schütteln mir die Pranke«, die Frauen rufen: »Grüß dich, Kleiner.« Wir setzen uns. Dreizehn Frauen, drei Männer. Monsieur Gaston ist alleiniger Herrscher über diesen Harem. Er schneidet das Fleisch, verteilt das Gemüse, schenkt Getränke ein, führt das Gespräch. Er bereitet den Abend vor wie ein General seinen Schlachtplan.

Beim Nachtisch ist jeder wieder frei.

Die Frauen unterhalten sich über ihre Macker, ihre

Garderobe und die Pläne, die sie haben. Auch über Abneigungen reden sie.

»Also, ich will keine Senegalesen mehr«, meint Marcelle.

»Kolonialsoldaten sind Grobiane«, fügt Ginette hinzu.

»Und die Soldaten, die von der Front zurückkommen, sind allesamt mies im Bett«, mault Carmen.

Jeanne, die hässlichste und älteste, zuckt die Schultern.

»Die Jungs sind arm dran. Ich nehme sie alle.«

Monsieur Gaston grinst.

»Recht so. Wer nicht arbeiten will, kriegt nichts zu futtern.«

Er steht auf.

»Meine Damen! Die Kundschaft wartet.«

Die Frauen gehen hinüber in den Salon. Sie legen Puder auf, schminken sich, bringen ihre Frisuren und Kleider in Ordnung.

Plötzlich erscheint Monsieur Gaston auf der Bildfläche.

»Was treibt ihr denn, Herrgott noch mal? Alles ab in den Saal!«

Die Chefin setzt sich an die Kasse. Sie schlägt das Verzeichnis auf, in dem sie jede einzelne der »geschobenen Nummern« einträgt. Tavernier zieht seine Jacke aus, reibt sich die Hände und beginnt mit dem Bierzapfen.

Ich gehe mich um den »Keller kümmern«. Anschließend spüle ich Flaschen und Gläser. Manchmal geht was zu Bruch, und Monsieur Gaston murrt.

Acht Uhr. Keine Minute Ruhe mehr. Die Soldaten, die nicht auf die Zimmer gehen, bestellen was zu trinken. Sie sind glücklich. Hier geht's einem besser als im Café, man hält zusammen, man vergisst und regt sich gemeinsam auf.

Plötzlich Frauengekreisch, Bänke kippen um. Zwei Männer wälzen sich unterm Tisch und dreschen aufeinander ein.

»Chef!«, schreit Jeanne.

Er kommt und setzt die beiden Raufbolde vor die Tür.

»Die hätten mir glatt die Bude zerlegt!«, sagt er, als er wieder zurück im Saal ist.

Und mit ausgestrecktem Arm verkündet er:

»Wo wollt ihr denn hin, wenn sie meinen Puff dichtmachen, ihr Deppen?«

Einer der Soldaten steigt auf eine Bank.

»Ich singe für euch!«

Die Freunde singen leise mit. Den Refrain schmettern sie dann alle zusammen:

Allons les gars ne vous désolez pas
Quand on est zouave faut être brave
On n'a pas chaud mais Dieu merci
Chez les Boches il fait froid aussi

Dann stimmen sie ein anderes Lied an, und noch eins:

It's a long way
To Tipperary
It's a long way to go.

Ich werde im Salon verlangt.

Ein kleines, lauschiges Zimmer, in dem ein angelaufener, nicht mehr ganz goldener Louis-xv-Spiegel hängt, dazu Farbdrucke, Tische und Korbsessel. Hier werden nur Offiziere, Flieger und anständige Soldaten empfangen, außerdem noch ein paar Zivilisten, die sich wie Ratten verstohlen im Hintergrund halten.

Monsieur Gaston pflegt diese Kundschaft. Er treibt ein wenig Konversation.

»Pétain hat was vor mit den Boches«, sagt er. »Das hat mir ein Feldwebel geflüstert, der hier übernachtet hat.«

Es wird gestritten. Wann endlich ist Frieden? Letztlich einigt man sich darauf, dass es noch dauern wird.

»Bis dahin sollten wir Spaß haben!«, ruft ein Flieger.

Auf dieses Zeichen hat Monsieur Gaston nur gewartet.

»Carmen, Lily, Blanche, in den Salon!«

Die hübschen Mädchen des Hauses. Leise vor sich hin summend, kommen sie hereinspaziert und setzen sich den Freiern auf den Schoß.

»Herzchen, der Champagner geht auf Sie!«

Ich bringe eine Flasche Sekt, lasse den Korken ploppen, fülle die Sektschalen.

Lily nimmt sich eine.

»Auf Ihr Spezielles!«

Sie lacht. Ihre strahlenden Zähne, die hellen Augen, ihr sonniges Gesicht – alles an ihr ist bezaubernd. Meistens kleidet sie sich als Schulmädchen. Kurze Faltenröckchen in Rot oder Blau, Matrosenbluse mit tiefem Ausschnitt und im langen Haar eine Schleife. Sie gibt sich freizügig, einfach, fesch, keck und verschmitzt. Ich kann mich an ihrem Anblick nicht sattsehen. Es scheint, als hüpfe sie noch immer Springseil oder tanze auf einem Schulhof. Sie setzt sich einem Freier auf den Schoß, als wäre es ein Onkel, von dem sie Bonbons erwartet. Sie hat eine natürliche Stimme. Allerdings redet sie kaum, sie lacht, stets munter und ausgelassen. »Sie tut nur so«, hat mir Monsieur Gaston anvertraut. »Sie könnte alles machen, wenn sie wollte, sogar Offizier werden.« Wir sind Freunde. Schon mehrmals habe ich im Dorf für sie Einkäufe erledigt. Und einmal hab ich ihr einen riesigen Strauß Feldblumen mitgebracht, weil ich wusste, dass sie die mag.

Die Freier sind mit Carmen und Blanche auf die Zimmer gegangen.

Lily singt aus vollem Halse.

»Du hast heute wirklich den Teufel im Leib«, meint Monsieur Gaston zu ihr.

Sie singt noch lauter, macht wilde Verrenkungen. Neben ihr wirken wir anderen stumpfsinnig, schlafmützig und hässlich, selbst die Chefin.

»Petit-Louis, Champagner, und zwar richtigen!«.

Sie reißt mir die Flasche aus der Hand und füllt die Sektschalen, wobei sie eine regelrechte Überschwemmung auf dem Tisch anrichtet.

»Du bist so was von blau«, lacht die Chefin.

»Nein, ich bin deprimiert.«

Hingerissen betrachte ich sie.

Plötzlich werde ich zu ihr rübergedrängt.

»Hier«, sagt Monsieur Gaston, »gib dem Jungen einen Kuss. Der verschlingt dich ja mit den Augen.«

Sie umarmt mich. Gelächter. Es rauscht in meinen Ohren. Ich blicke in das strahlende Gesicht, auf ihre roten Lippen. Lilys Zunge fährt mir in den Mund. Ihre Arme und Beine umschlingen mich, und während sie sich wieder lösen, packt mich die Gier, das Verlangen, sie zu beißen, zu verletzen.

Ich lehne mich an die Wand. Lily sieht mich lächelnd an.

»Auf euer Wohl, ihr Turteltauben!«, ruft Monsieur Gaston.

Eine heisere Proletenstimme sticht aus dem Lärm heraus.

»Ernestine, den nächsten Gang!«

Ich drücke die Tür zum Esszimmer auf. Tavernier erkennt mich und ruft eine Begrüßung. Monsieur Gaston wendet den Kopf.

»Wieder mal zu spät, Petit-Louis! Musstest du ran?«

Ich setze mich links neben ihn. Die Teller berühren sich, genau wie die Flaschen und Gäste. Es wird ordentlich zugelangt, gelacht und herumgeschrien. Wie in einer richtigen Familie! Zwölf Frauen, die mich duzen und mich bemuttern, und denen ich hin und wieder kleine Gefälligkeiten erweise, dazu nette Chefs und ein Freund.

»Du ziehst ja ein Gesicht«, meint Monsieur Gaston. »Was ist los?«

»Ich habe schlechte Neuigkeiten. Meine Mutter hat keine Arbeit mehr. Außerdem wird Paris fast jede Nacht von Flugzeugen bombardiert.«

»Deine Mutter könnte doch hierherkommen. Wir suchen eine anständige Putzfrau. Soll ich ihr schreiben?«

»Ja. Aber da ist noch was anderes. Morgen früh muss ich an die Front.«

»Was? Du … ah, verdammte Scheiße!«

Er haut mit der Faust auf den Tisch.

»Es reicht, ihr da. Meine Damen, Petit-Louis wird uns verlassen.«

Ein Moment der Bestürzung. Dann befragen mich alle Frauen auf einmal, sie diskutieren und schreien wild durcheinander.

»Habt ihr euch jetzt ausgetobt«, meint Monsieur Gaston. »Das ändert auch nichts.«

Er legt mir seine Riesenpranke auf die Schulter.

»Keine Bange, Kleiner, das geht nicht mehr lange. Ernestine, Champagner!«

Endlich ist das Essen vorbei. Die Frauen gehen in den Saal, ich folge dem Wirtsehepaar und meinem Freund ins Hinterzimmer.

»Kopf hoch, Petit-Louis«, wiederholt Monsieur Gaston. »Bei der Artillerie kann dir nichts passieren.«

»Du musst uns irgendwann besuchen kommen«, meint seine Frau.

Tavernier murmelt vor sich hin.

»Dass du wegmusst, macht mich fertig. Irgendwann bin ich auch dran.«

Lily taucht auf, dahinter Jeanne, den Zeigefinger auf den Lippen.

»Petit-Louis«, flüstert Jeanne, »wir haben an Sie gedacht. Machen Sie die Augen zu.«

Sie nimmt meine Hand und stopft Papier hinein. Ich öffne die Augen: Geldscheine, einer, zwei, drei ... siebzig Francs!

»Wir haben zusammengelegt.«

»Hier, noch dreißig Mäuse obendrauf«, ruft Monsieur Gaston. »Jetzt hast du reichlich Pinke.«

Ich halte ein kleines Vermögen in meiner Hand. Ich bin gerührt.

»Gib uns einen Kuss«, sagt Jeanne.

Ich gebe ihr zwei dicke Küsse auf die trockenen Wangen, und sie muss lachen.

»Und ich?«, fragt Lily. »Wir werden doch nicht einfach so auseinandergehen.«

Ich berühre mit den Lippen ihr Haar, doch sie hebt ruckartig den Kopf und küsst mich auf den Mund.

»Willst du mit ihr ins Bett?«, raunt Monsieur Gaston mir zu. »Na? Als ich in deinem Alter war ...«

Er wird lauter.

»Lily, du gehst rauf. Und nimm den Jungen mit. Der kommt ja um vor Verlangen.«

Sie schlingt mir ihren Arm um den Hals und zieht mich mit sich. Beim Hinaufgehen kommt uns ein Pärchen entgegen. Wir gehen einen engen Flur entlang. Türen klappen. Frauen und Soldaten streifen uns.

»Da wären wir, hier wohne ich«, murmelt Lily.

Ein Verschlag, den das Bett beinahe zur Gänze ausfüllt. In der Ecke eine Kommode, darauf eine Benzinlampe, ein Wasserkrug, eine Waschschüssel, Handtücher, über der Stuhllehne ein paillettenbesticktes Kleid, das ich gut kenne.

»Achte nicht auf die Unordnung, Petit-Louis ...«

Sie presst mich an ihre Brust. Mit einer jähen Bewegung wende ich den Kopf ab.

»Soll ich das Licht ausmachen? Nein? Dann setz dich hin, ich zieh mich aus.«

Zum dritten Mal gehe ich mit einer Frau aufs Zimmer. In Paris stand ein Metallbett da, dessen Kupferkugeln mich hypnotisierten, in Poitiers durchwühlte eine plattnasige Frau mit Fangzähnen meine Taschen auf der Suche nach Geld. Immer diese Backofen-Luft, dieser Geruch nach Arzneimitteln und Parfüm.

Lily schminkt sich das Gesicht ab.

Ich erkenne sie nicht mehr. Ich habe sie fröhlich und fesch erlebt, doch jetzt lese ich in ihrem Gesicht nur Überdruss und Erschöpfung. Sie kämmt sich, das wellige Haar fällt ihr über die Schultern, ihre Gesten sind von ernster und starker Zärtlichkeit.

Nackt unter ihrem Morgenmantel, der den Blick auf ihre schimmernden Beine freigibt, kommt sie auf mich zu. Ihre Augen sind klar, und ihre sonst so heißen Lippen blass.

Schweigend stehen wir uns gegenüber.

Auf dem Tisch entdecke ich ein Foto.

»Das ist mein Bruder«, sagt Lily. »Er ist in den Argonnen. Oh, er wird genauso dran glauben müssen.«

Sanft zieht sie mich an sich.

»Wenn du wüsstest, wie sehr mich der Trübsinn an manchen Tagen packt! Die Männer, allesamt brutale Kerle. Der Chef schnauzt einen von morgens bis abends an. Und das, bis ich verbraucht bin wie Jeanne.«

Sie stammelt meinen Namen, gibt sich mir hin, und mich durchströmt eine liebevolle Zärtlichkeit, eine nie gekannte Liebe. Ich betrachte ihre vollen Lippen, ihre durchscheinenden Lider, ihre seidigen, leicht geröteten Wangen. Es kommt mir vor, als hätte ich das reine Leben vor mir.

»Ich liebe dich, Lily.«

Ich küsse ihren Mund. Sie schlägt die Augen auf.

»Zieh dich aus.«

Wir schlüpfen ins Bett. Ein wohliges Gefühl. Lily, ihr Leib an meinem, die Zartheit ihrer Brüste, ihr duftendes Haar. Sie macht das Licht aus. Im Dunkeln ruft ihre klagende Stimme nach mir.

… Ein fahles Licht erhellt das Zimmer: Schon graut der Morgen.

Ich presse mich an Lily, verberge mein Gesicht in ihren Armen.

»Mein Kleiner!«

»Behalt mich bei dir!«

»Du kommst noch zu spät. Du musst los.«

»Küss mich, ein letztes Mal ... Ich hab Angst ... Schreibst du mir? Ich werde so allein sein.«

Sie legt mir ein feuchtes Tuch auf die Stirn, streichelt meine Wangen, wischt mir die Tränen weg.

»Jetzt hoch mit dir, Petit-Louis!«

Ich ziehe mich an.

Ich nehme ihr Gesicht in meine Hände und küsse es voller Leidenschaft. Ich möchte mich demütigen vor ihr, die sich mir vollkommen hingegeben hat, und ihr sagen, dass ich sie niemals vergessen werde.

VII

Im Regen, auf schlammigen Straßen, die mal gerade, mal kurvig verlaufen, bewegt sich unsere Abteilung auf die Front zu. Drei Batterien: zwölf Geschütze, getarnt, verschwiegen, folgsam. Grünliche Munitionswagen, Fuhrwerke, die von klapprigen Pferden gezogen werden. Fünfhundert Mann, die zu Fuß unterwegs sind. Am Ende der Kolonne der Stab: der Kommandeur und seine Offiziere, die Bagage, und als Schlusslicht, oben auf einem Munitionswagen, die Mannschaft der Funker, zu der ich gehöre.

Weder Fahrer noch Kanonier, sondern Telefonist. Ich wurde nicht nach meiner Meinung gefragt!

Wir sind seit dem Morgen unterwegs. Um elf Uhr essen wir einen Happen am Straßenrand. Dann ziehen wir weiter und landen bei Einbruch der Nacht in einem schlammfarbenen Dorf. Wir begeben uns auf die Suche nach einem Quartier: eine Bruchbude. Auf dem Fußboden Stroh, auf das wir uns todmüde sinken lassen. Überall Ungeziefer, von Alpträumen geplagt, finden wir nicht in den Schlaf …

Tags darauf kommen wir durch eine düstere, vom Herbst verkümmerte Gegend. Kein einziger Baum mehr entlang der Straßen, keine Zivilisten und auch keine Frauen, nur hin und wieder ein Bauer hinter seinem Pflug. Überall Soldaten. Und Fuhrwerke, 75er-Kanonen, lange Reihen von Lastwagen, die mit Granaten beladen sind. Alles strömt Richtung Front wie ein Fluss zum Meer. In der Ferne ist stetiges Grollen zu hören. Es nieselt. Ein Schleier aus Regen und Dunkelheit. Ich drehe mich um: zwischen uns und der Welt liegt das Armeegebiet. Wir machen Halt.

Das Lager steht auf freiem Feld inmitten des Schlamms, eine kleine Stadt mit ihrem typischen Labyrinth aus Gassen, Blechhütten, Lagerschuppen und Baracken, deren Fenster und Türen lose in den Angeln hängen.

Wieder geht es drunter und drüber! Die bleischweren Tornister auf dem Rücken, plagen wir uns ab. Endlich finden wir einen Unterschlupf.

... Wir fallen sofort in Schlaf, bleiben morgens lange liegen.

Nach dem Essen haben wir dienstfrei.

Unsere Gruppe beschließt, einen Bummel zu machen. Acht Mann: Bruger, Masse, Cauvin, Béguel, Gradouble, Salvat, Gleize, der Unteroffizier, und ich. Vier Neulinge, vier alte Hasen.

Béguel, ein schmächtiger Typ aus Paris mit einer ausgeprägten Spürnase macht rasch die Kantine ausfindig. Wir setzen uns an einen Tisch. Während wir eine Zigarette oder Pfeife rauchen, trinken wir was und unterhalten uns.

Unser Vorgesetzter Pellegrin kommt uns holen.

»Wir brechen auf«, befiehlt er.

Die drei Batterien, der Kommandeur und seine Offiziere sind bereits unterwegs. Die Fahrer schirren die Bagage und den Munitionswagen an, auf den wir zu sechst klettern.

Wir verlassen das Feldlager. Es wird bereits Abend. Wir erkennen hin und her laufende Knirpse, Landwehrsoldaten, Streckenwärter, Schipper, Nachschubtruppen, Pioniere und Sanis, die nach und nach in der Dunkelheit verschwinden.

»Die haben's trotz allem gut getroffen hier«, meint Salvat zu mir.

Er seufzt.

»Du hast wirklich Pech, Petit-Louis, und das beim ersten Mal. Wir kriegen einen üblen Frontabschnitt, da gibt's Kolonialtruppen!«

Tornister auf dem Rücken, die Waffe geschultert, laufen Männer in khakifarbener Uniform am Straßenrand entlang. Sie bewegen sich fast lautlos, nur hin und wieder ist ein Flüstern zu hören, Flüche, dann ein Befehl: »Der dritte Zug, vorwärts, Herrgott noch mal!« Wir überholen sie. Eine Kompanie von Maschinengewehrschützen nimmt die gesamte Straße ein: eine Reihe aus Handwagen und Maultieren, die die Geschütze und Munitionskisten transportieren. Stromaufwärts ist eine langgezogene Kolonne von Infanteristen unterwegs.

Wir überqueren die Aisne.

Ein Dorf voll mit knatternden Lastwagen, chaotisch herumlaufender Truppen und einem langen Schiffsgeschütz, das von einem Traktor gezogen wird. Es wird geschrien, aber mit gedämpfter Stimme, wir plagen uns ab, Gefluche, kurze Befehle ertönen, und schließlich setzen sich die Kolonnen in Bewegung. Nach dreihundert Metern kommen wir an eine Kreuzung, die mit Stoffbahnen abgetarnt ist.

»Vorwärts!«, befiehlt ein Gendarm. »Passt auf, die Straße ist nass!«

Pellegrin richtet sich in seinen Steigbügeln auf.

»Im Trab!«

Ratternd zuckeln wir weiter. Gerade noch kann ich auf einem Schild lesen: Jumigny, Vassognes, Oulches.

»Salvat, kennst du diese Käffer?«

»Egal wo, fertiggemacht wirst du so oder so!«

Mit beiden Händen klammert er sich an den Wagen.

»Dreckskerle! Mussten sie uns so eine Klappermühle geben.«

Holpernd zuckelt der Munitionswagen durch die Nacht, bleibt stecken, ruckt an, droht umzukippen, richtet sich wieder auf, während vorne die Kutscher, diese Unglückspiloten, die Pferde keuchend und fluchend mit der Peitsche antreiben.

Rechter Hand ist das Geratter von Sperrfeuer zu hören, dann alle paar Minuten Explosionen, ein Bullern und Krachen.

»Eine Siebenkommasiebener«, stellt Salvat fest. »Das waren Zehnkommafünfer … Und das ist eine Einundzwanziger.«

Plötzlich ein Feuerschein – es kracht, die Pferde gehen durch.

Salvat brummt:

»Die ist ganz in der Nähe runtergekommen.«

Mit einer Hand klammre ich mich an ihm fest, mit der anderen am Wagen. Ebenen ziehen vorüber, von Nebel eingehüllte Seen, wüstenartiges Gelände, Wälder und vielleicht ein Dorf: Jumigny, erstarrt, ein Lavastrom. Furchen, Kanäle, düstere Vorzeichen, dann Erdaufwerfungen, klaffende Löcher, Rippel – ein Schützengraben, ein Grab, eine Leiche? Aufgedunsene, schrumplige Formen, starr auf dem Wasser treibend, trügerisch. Dicht am Boden drängen sich Lehmhaufen, Menschen tauchen aus dem Schlamm auf, gleiten weg, verschwinden.

Vor und hinter uns ein Höllenlärm.

Die Straße fällt ab. Der Geruch von Schwefel, Knoblauch und Terpentin steigt uns in die Nase. Keine Zeit, mir die Gasmaske aufzusetzen. Dann geht es wieder hinauf. Wir sind schon weit vorn, mitten im Kampfgebiet.

»Vorwärts!«, schreit Pellegrin.

Explosionen, metallische Schläge, ein Surren, das Zischeln von Seide, die zerreißt. Ein gleißendes Licht, ein dumpfer Schlag, dann eine Detonation, Schreie.

Mit schlammverschmiertem Gesicht richte ich mich auf.

»Bist du verrückt!«, ruft Salvat und fasst mich unter, um mich zu stützen.

Der Munitionswagen macht einen Satz. Ich erblicke ein umgekipptes Fahrzeug am Straßenrand, ausgestreckte Leiber, Männer, die aufgeregt hin und her laufen. Ich schließe die Augen und lasse mich wegschleppen.

Salvat schüttelt mich. Mit offenem Mund, wie ein Ertrinkender, der zu sich kommt, starre ich ihn an.

»Diesmal bist du davongekommen«, murmelt er.

»Und die anderen?«

Er antwortet mir nicht.

»Gleize, sind wir endlich da?«

Pellegrin trifft mit dem Rest der Kolonne bei uns ein.

»Fauchois hat dran glauben müssen«, teilt er uns mit.

Fauchois? Einer von denen, die '17 eingezogen worden sind, und den ich keine Zeit hatte, kennenzulernen. Das wäre also Nummer eins!

Plötzlich taucht von irgendwoher ein Mann auf.

»Absitzen!«, befiehlt er.

Wir folgen ihm auf einen holprigen Weg, in den die Fahrzeuge hintereinander abbiegen.

»Hier ist der Gefechtsstand.«

Er weist auf zwei schwarze Löcher in der schrägen Böschung. Dann schaltet er seine elektrische Lampe an, und wir folgen ihm in gebückter Haltung über eine steile Treppe, deren Verschalung feucht ist, in die Sappe hinab. Ich zähle die Stufen: dreißig. Es riecht nach Pilzen. Zwölf weitere Stufen. Ich blinzle. Der Schein einer Kerze beleuchtet den Stollen, der an einer kreidigen Wand endet, auf der die Spitzhacken Narben hinterlassen haben. Entlang der Verschalungen links und rechts stehen Holzpritschen übereinander. Gleize zeigt mir meine, und ich lege meinen Tornister darauf.

Es ist zum Ersticken. Ich hake meinen Kragen auf und sauge die übelriechende Luft tief ein.

»Petit-Louis, du kommst mit mir mit. Wir erkunden die Leitung zum Beobachtungsstand«, sagt Gleize zu mir. »Los! Die Batterien müssen bei Tagesanbruch in Stellung gebracht werden.«

Ich schnappe mir wieder meinen Helm. Die Gasmaske und den Revolver am Koppel, auf dem Rücken einen Telefonapparat, laufe ich hinter dem Unteroffizier her.

Draußen erwartet uns ein Telefonist der Truppe, die wir ablösen sollen. Am Ausgang des Gefechtsstandes zeigt er uns ein geflochtenes Kabel, das sich oberhalb der Sappe entlangschlängelt und auf geheimnisvolle Weise im Feld verschwindet.

»Wir sollten los«, sagt er. »Bis Vassognes steht die Leitung.«

Rechts von uns Gipsschutt, klaffende Häuser, das ist das Dorf, das von einem Sumpf umgeben ist; dann plötzliches Chaos, ein Friedhof, über den wir müssen. Der Mond versteckt sich. Ich sperre die Augen auf. Keine einzige Mauer, kein Baum, zwei Meter Straße und unwirkliche Gestalten, die tanzen.

Wir kommen zu der Kreuzung, an der wir vor einer Stunde umgerissen worden sind.

»Nach rechts?«, fragt Gleize.

»Wo denkst du hin!«, erwidert unser Führer, »Das wäre ein schöner Druckposten! Über Oulches kommen dicke Brocken runter. Ein übler Frontabschnitt!«

Mit Riesenschritten laufen sie über das schlammige, zerfurchte Gelände, steigen über Hindernisse, bücken sich, rutschen aus und bleiben nur hin und wieder stehen, um auf mich zu warten. Keuchend hole ich sie ein. Ich sinke ein, ich wate durch Schlamm, klammere mich an Drahtverhaue, rutsche in einen mit Wasser gefüllten Granattrichter, rapple mich wieder hoch, renne weiter. Und inmitten meiner Verzweiflung denke ich: »Glück gehabt! Immer noch keine Granate!«

Gleize bleibt stehen.

»Gib mal den Apparat rüber.«

Er kniet sich hin, klappt sein Messer auf, entfernt die Isolierung vom Kabel, schließt darüber das Feldtelefon an. Eine Drehung an der Kurbel. Dann, mit knapper Automatenstimme:

»Zentrale, bitte melden. Bitte melden! Bitte melden!«

»Sie antworten nicht«, sagt unser Führer, »das wundert mich. Andererseits behaupte ich nicht …«

Plötzlich ein Piepsen.

Wir beugen uns runter.

»Zentrale?«, fragt Gleize. »Hier ist der Instandsetzungstrupp. Wir machen weiter.«

Schritt für Schritt folgen wir dem Kabel, das sich um einen Baumstamm schlängelt, dann über dem Erdboden schleift und nach einigen Metern schließlich in einem Laufgraben verschwindet.

Alle hundert Meter bleibt Gleize stehen, um »einen Ruf rauszuschicken«. Nur die Zentrale antwortet. Wütend richtet Gleize sich auf. Notdürftig flicke ich das Kabel. Meine Hände sind starr vor Kälte, vor meinen Augen verschwimmt alles. Da schiebt er mich weg und bringt die Arbeit zu Ende. Ich stehe neben ihm und frage mich voller Angst, wann wir wohl fertig sind.

Wir lassen Oulches, wo unablässig Batterien feuern, rechter Hand liegen und steigen einen schmalen Ziehweg Richtung Hurtebise hinauf. Jetzt bewegen wir uns auf allen vieren durch die Dunkelheit.

Plötzlich ein Feuerball, gleißende Helligkeit, ein markerschütternder Knall. Ich werfe mich flach auf den Boden. Die Hände in die Erde verkrallt, bleibe ich liegen.

Wir sind achthundert Meter vom Chemin des Dames entfernt. Wir können nur noch kriechend weiter. Hinter uns donnert Sperrfeuer. Die Leitung verläuft Richtung Norden. Bis zum Morgengrauen muss sie repariert sein.

Die Einschläge folgen jetzt dicht aufeinander. Leuchtraketen steigen auf, färben den Himmel, zerplatzen und trudeln wieder herab; 75er-Batterien feuern blitzend ihre Geschosse ab; Maschinengewehre und Gewehre rattern; in den Gräben bellen Geschütze; Granaten sirren. Amethyst- und saphirfarbener Schein, hell wie Diamantengeriesel, dann dichte Nacht. Der beißende Geruch von Schießpulver steigt mir in die Nase, der süßsaure von Gas. Stimmen werden laut. Ein paar Männer gehen dicht an uns vorüber, bemerken uns aber nicht, sie springen in die Tiefe und verschwinden in einem Laufgraben.

Die Leitung. Ich habe sie. Aha, hier durchtrennt … ein paar Meter weiter ebenfalls durchtrennt … zerfetzt.

»Wickel die Spule ab«, befiehlt Gleize. »Was ist los? Verletzt?«

»Nein, nichts.«

»Bleib hier! In fünf Minuten rufen wir dich an.«

Er verschwindet mit unserem Führer.

An den Boden gepresst, liege ich da.

Sterben! Und das an diesem Ort! Ich lache bitter auf, zum Weglaufen ist es zu spät. Ich wünschte, ich wäre weit weg, in einer kleinen Hütte irgendwo in der Natur. Ich würde immer nur nachts rauskommen, um mir die nächste Mahlzeit zu stehlen, Gemüse, das ich roh verspeisen würde, denn schon das kleinste Rauchwölkchen würde mich verraten.

Brandgeruch … Feuerschein.

Plötzlich klingelt es.

Ich strecke den Arm aus.

»Hallo, bist du's, Petit-Louis? Hier ist die Beobachtungsstelle. Wir kommen.«

Gerettet, vorerst jedenfalls!

In der frostig klaren Morgendämmerung kehren wir zurück.

VIII

Es regnet, es schneit. Die Geschütze sinken ein, die Versorgungskolonnen bleiben stecken. Wir waten auf den Wegen und durch die Schützengräben, in denen es keine Bodenroste gibt. Inmitten des Schlamms tauchen wie kleine Inseln hier und da unsere Unterstände auf.

So hart waren die Schanzarbeiten noch nie.

Seit sieben Uhr morgens arbeiten wir in der Sappe daran, einen Notausgang zu graben. Béguel, Salvat, Gleize sind mit Schaufel und Hacke zugange, dahinter platzieren Gradouble und Bruger, im Zivilberuf Zimmerer, die Stützpfosten. Zusammen mit Masse schaffe ich den Aushub weg. Wir füllen zwei dürftige Schüttkörbe mit Erde und hieven sie uns auf die Schulter. Die Stufen sind rutschig.

Endlich frische Luft! Wir schütten unsere Körbe aus, verschnaufen kurz, zünden uns eine Zigarette an, doch schon tönt Béguels tiefe Stimme zu uns herauf:

»He, ihr zwei!«

Meine Hände und das Gesicht sind von Erde verschmiert, Jacke und Wickelgamaschen starren vor Schlamm. Ich wasche mich nur selten, die Haare hat mir irgendwann Gradouble geschnitten. Mein Bart sprießt aus sämtlichen Poren. Jetzt sehe ich wie ein richtiger Frontsoldat aus, ein Poilu.

Cauvin bringt das Essen.

Wir hocken uns im hinteren Teil der Sappe hin. Auf der Klinge eines Bajonetts, das in die steinerne Wand getrieben wurde, steckt eine Kerze. Das Kochgeschirr zwischen den Knien, löffeln wir unseren Fraß. Jeder hat einen Laib Brot, eine Feldflasche und einen Becher vor sich.

Salvat schüttet den Inhalt seines Kochgeschirrs über die Schulter.

»Cauvin! Solange du nicht unser Kochbulle bist, bleibt das Essen ungenießbar.«

»Kannst ja den Kommandeur fragen.«

Béguel, der mit der Spitze seines Messers in einer Konservendose stochert, mischt sich ein:

»Da uns der Unteroffizier aufgegeben hat, werde ich wohl mit dem Alten reden müssen, sobald er gute Laune hat.«

Immer dasselbe Gerede, dasselbe Aufbegehren, mit dem es nach dem Essen sogleich vorbei ist. Dann setzen sich die alten Hasen zusammen und spielen Manille. Die üblichen Ansagen, und es geht los. Mit viel Geschrei oder betont langsam werden die speckigen Karten abgeworfen.

»Ich hätte bei Kreuz bleiben sollen«, meint Cauvin, der auf einem Zigarettenstummel herumkaut.

»Mit meinem Ass hatte ich dich in der Hand«, erklärt Gleize.

Gradouble füllt die Trinkbecher, Salvat notiert die Punkte auf einer alten Zeitung, und sagt zu Béguel:

»Du gibst. Und ohne zu schummeln, falls du das hinkriegst.«

Kurz darauf ruft er:

»Béguel, du hättest stechen müssen! Fieser Schwindler, du. Klar, kommst ja auch aus Paris!«

»Was'n los?«, fragt Cauvin.

»Beim Spielen geht's nicht ums Gewinnen«, meint Gleize.

Béguel feixt, Salvat droht ihm mit der Faust. Pellegrin kommt und bereitet dem Ganzen ein Ende. Jeder geht wieder an seine Arbeit.

Ein ruhiger Tag. »An der gesamten Front nichts zu vermelden.« Für uns jedoch unaufhörlich dieselbe Mühsal. Die Beine sind schwer, die Hände geschwollen, in den Schuhen steht das Wasser. Leerer Kopf.

Salvat hält inne.

»Warum machen wir nicht auch endlich eine Revolution wie die Russen!«

Niemand antwortet.

… Die Kameraden legen sich schlafen, ich setze mich ans Telefon. Für mich ist das Erholung, eine Zeit, in der ich lesen oder schreiben kann. Oft bitte ich meine Freunde, für sie Wache halten zu dürfen.

Sie schlafen bereits, auf verlausten Strohsäcken, in Doppelsärge gequetscht. Von der dürftig zusammengeschusterten Verschalung rieselt Erde herab. Und ständig Ratten! Sie sind riesig und ekelerregend, wetzen über die Betten und fressen alles an. Trotzdem hat das Leben in der Sappe was Gutes. Die Poilus müssen an die vorderste Front, wir dagegen haben's ruhig und halbwegs warm. Salvat schnarcht, Cauvin spricht im Schlaf, Béguel wirft sich hin und her, dass seine Pritsche laut knarzt.

Ich werde meinen Eltern schreiben. Ich lese mir noch einmal ihre Briefe durch. Die von meinem Vater sind knapp gehalten, in aller Eile hingekritzelt. Die meiner Mutter sind gespickt mit Einzelheiten über das Leben, das sie bei Monsieur Gaston in Marcilly führt.

Ich schnappe mir den Notizblock.

»Liebe Mama, deinen letzten Brief habe ich bekommen. Hier läuft alles gut, mach dir keine Sorgen, der Frontabschnitt ist ruhig. Es geht uns fast so gut wie in der Etappe. Ich rechne damit, bald Urlaub zu bekommen. Es sei denn, wir werden in einen anderen Frontabschnitt verlegt, man munkelt, in die Gegend von Reims. Die Bücher habe ich gekriegt. Schick mir noch mehr, von Zola, Maupassant, und auch von Balzac, wenn du kannst, weil ich gerade eins von ihm ausgelesen habe, das ich mir geliehen hatte ...«

Es klingelt, ich lege meinen Bleistift hin.

»Hallo, wer da?«

»Die fünfte Abteilung? Hier ist die Divisionsartillerie. Den Kommandeur, schnell.«

Ein paar Minuten vergehen. Oberleutnant Dumoulin gibt mir Befehl, die Batterien anzurufen. Ich telefoniere mit leiser Stimme, um die Kameraden nicht aufzuwecken, ihren Wutausbruch eben noch im Ohr.

Es klingelt wieder. Oberleutnant Laclau erteilt Feuerbefehl.

Dumpfe Schläge. Die dreizehnte Batterie, ganz in unserer Nähe, beginnt zu feuern, zunächst in größeren Abständen, dann immer intensiver. Weitere Detonationen folgen: 105er.

Eine Explosion erschüttert den Erdboden. Meine Kerze erlischt. Tastend zünde ich sie wieder an.

»Decamp! Decamp! Die Division!«

Das ist Oberleutnant Dumoulin, der in verwahrlostem Aufzug und mit verstörtem Blick wild herumfuchtelt.

»Was treibt ihr denn?«, schreit er. »Hoch mit euch! Die Boches greifen an!«

Er geht raus.

Struppig, die Gesichter verzerrt, stehen die Kameraden auf.

»Was ist denn jetzt wieder los?«

»Überraschungsangriff.«

Sie steigen in ihre verkrusteten Schuhe, legen die schlammstarrenden Wickelgamaschen an, greifen nach Helm und Gasmaske. Keiner sagt etwas, die Gesichter sind düster. Draußen ein Donnergrollen, das Dröhnen legt sich für einen Moment und schwillt wieder an. Kurze Explosionen, ganz nah. Ein beißender Geruch erfüllt den Graben: Gas?

»Die Division«, verlangt eine schroffe Stimme. Oberleutnant Laclau …

Ich rufe durch.

»Die Division antwortet nicht mehr.«
Da befiehlt Pellegrin:
»Zwei Mann nach der Leitung sehen.«
Salvat und Gradouble sind dran.
Danach Cauvin und Bruger.
Dann ich, zusammen mit Béguel.

»Die Leitung zur fünfzehnten Batterie ist unterbrochen«, teilt mir Gleize mit. »Du kümmerst dich mit Masse drum.«

Für gewöhnlich begleite ich einen alten Hasen. Ich nehme mein Zeug. Masse trägt den Apparat. Dann machen wir uns auf den Weg.

Masse ist im selben Jahr eingezogen worden wie ich. Ich kenne ihn nicht besonders gut. Er ist dünn wie ein Kind, mit einem arglosen Gesicht, unscheinbar und sanft. Unterwegs sagt er kein Wort, hin und wieder wird er von einem kurzen trockenen Hustenanfall geschüttelt.

Wir gelangen zur Fernstraße. Rechts das Dorf, dessen graue Häuser mit dem verkohlten Gebälk zu erkennen sind, die Dächer wie große kaputte Flügel; auf der einzigen noch intakten Mauer steht: Vassogne, Verbandstelle.

Wir biegen nach links ab. Bald rufen wir die Zentrale an: Pellegrin antwortet. Wir laufen weiter. Surrend fliegen riesige Granaten über uns hinweg, 77er oder 105er gehen in unmittelbarer Umgebung von Oulches nieder.

»Vielleicht finden wir die Stelle ja schnell, wo sie unterbrochen ist«, sagt Masse zu mir.

Mit gespielter Ruhe erwidere ich:

»Mach dir keine Sorgen. Die deutschen Artilleristen sind allesamt Trottel.«

Plötzlich zischt ein Schrapnell über die Straße, und Splitter prasseln wie dicke Insekten herab.

»Masse, bist du verletzt?«

Er steht auf, leichenblass.

»Die Boches haben uns aufgespürt«, sagt er mit tonloser Stimme.

»Die können uns nicht sehen. Wir sollten trotzdem die Abkürzung querfeldein nehmen. In Oulches finden wir die Leitung wieder.«

»Kennst du den Weg?«

»Ich war schon mal mit Béguel dort.«

Mit einer Woche Abstand kommt mir die Landschaft verändert vor, zerklüftet und schlammig. Früher stand da einsam in der Ebene ein mächtiger Baum mit einem hohlen Stamm, ein Netz von Stacheldrahtverhauen, eine Baubude. Nichts davon existiert mehr.

»Bist du sicher, das ist der richtige Weg?«

»Wir werden schon sehen, wart's ab. Auf jeden Fall kommen hier keine dicken Brocken runter.«

Wir steigen über Gräben, in denen Abfälle vor sich hin faulen, Helme, zerfetzte Uniformen. Einige sind gerade erst ausgehoben worden und warten auf neue Kämpfer. Ein scharfer Wind schneidet uns ins Gesicht. Wir legen einen Schritt zu und gelangen schließlich in eine räudige, urwüchsige Senke, durch die sich ein Weg schlängelt.

Er führt zu einem Friedhof.

Fünfzig Kreuze stehen dort, einige schwarz und frisch, mit Namen drauf, andere schief, ausgeblichen, anonym, umgestürzt. Ich hebe eins auf. Doch wohin damit? Unschlüssig murmle ich vor mich hin: »Jean Mahaut ... Jean Mahaut.«

Masse fasst mich am Arm.

»Lass uns schnell verschwinden.«

Ich stecke mein Kreuz wahllos irgendwo hinein.

Plötzlich Streufeuer.

Wir flüchten uns in einen verlassenen Unterstand.

»Wir haben uns verlaufen«, meint Masse.

»Quatsch! Wir gehen zurück und folgen immer genau der Leitung. So machen es Gleize und Béguel auch immer.«

»Die denken bestimmt, wir sind tot. Wenn jetzt eine Granate kommt ...«

»Kopf hoch, Kumpel.«

Eng aneinandergekauert hocken wir in einem feuchten Loch. Immerfort gehen dicke Brocken nieder. Masse zittert. Ich nehme seine Hand, um ihn zu beruhigen. Ich versuche, tröstende Worte zu finden, zwinge mich, über unser Abenteuer zu lachen.

»Was hattest du früher für einen Beruf?«, frage ich.

»Ich war Zeichner, in Rouen.«

»Mein Vater ist auch eingezogen worden. Und deiner?«

»Er ist tot. Meine Mutter dreht Granaten.«

Er erzählt mir von einer Vergangenheit, die meiner ähnelt. Ich merke, dass er ruhiger wird.

»Gehen wir?«

Auf allen vieren krabbeln wir aus dem Loch. Immer noch kommen Granaten runter, aber die Boches haben das Feuer vorverlegt. Zwei Schiffbrüchige, irren wir auf einem wogenden, grauen Meer umher, auf dem die aufgeworfenen Gräben die Wellen sind. Einer auf den anderen gestützt, stolpern wir voran.

Wir haben uns tatsächlich verirrt, gleich wird uns die Nacht überraschen.

Ich denke an Gleize, daran, dass er immer einen kühlen Kopf bewahrt. Er hätte uns hier rausgeholt. Masse läuft wie ein Kind hinter mir her. Ich muss ihn retten. Zum ersten Mal vielleicht kommt mir der Gedanke einer Pflicht. Kämpfen? Nein. Etwas, das viel bescheidener ist, schlichter: einem Kameraden zu Hilfe kommen.

Ich sage:

»Warte hier. Ich suche nach der Leitung.«

Ich renne los. Kurz darauf treffe ich auf Essenholer, die mir zeigen, wo ich lang muss.

Endlich die Leitung! Ich bringe sie in Ordnung.

Masse wird sich freuen!

Ich finde ihn da, wo ich ihn zurückgelassen habe.

»Alles erledigt. Komm!«

Sein Lächeln entschädigt mich für meine Mühe. Erschöpft, von Hunger und Durst geplagt, machen wir uns auf den Weg zurück.

»Wir müssen unbedingt fragen, ob wir als Zweiertrupp arbeiten können«, murmelt Masse. »Willst du auch?«

Ich willige ein.

IX

Die Kameraden geben mir die Hand.

Als ich mich an der Kreuzung noch einmal umdrehe, um sie ein letztes Mal zu grüßen, sind alle verschwunden, außer Masse.

»Schönen Urlaub!«, ruft er und schwenkt seinen Helm.

Der Weg ist schlecht, aber friedlich. Das Gras sprießt wieder, die Sträucher tragen bereits Knospen, in den Granattrichtern steht fauliges Wasser. Und dabei ist hier ganz in der Nähe Fauchois umgekommen, als wir die Stellungen bezogen haben.

Ein Mann, der aus einem Hohlweg kommt, spricht mich an:

»He! Artillerist, wohin wollen Sie?«

An seinem Käppi und den Ärmeln seines Mantels glänzen Sterne. Ich knalle die Hacken zusammen und salutiere.

»Herr General, ich bin auf dem Weg nach …«

»Ihre Urlaubsbescheinigung.«

Er studiert sie.

Ein General! Mir kommt ein Gedanke: Ich könnte mich auf diesen Mann stürzen und damit all meine Kameraden retten.

Der General gibt mir die Urlaubsbescheinigung

zurück. Er entfernt sich. Leicht verstört ziehe ich weiter.

In Jumigny stehen Lkws für die Fronturlauber bereit.

Eine schier endlose Fahrt, dann sind wir endlich in Épernay.

Betäubt und wie gerädert springe ich vom Lkw. Vor fünfundzwanzig Jahren, '93, hat mein Vater hier seinen Dienst abgeleistet.

Ich denke: Wie viele Monate haben wir uns nicht gesehen?

Ich versuche, es an meinen Fingern abzuzählen. Ach, ist schon zu lange her! Ich hole ein Foto aus meinem Portemonnaie, darauf eine Gruppe von Männern, in der Mitte mein Vater, der spitzbübisch dreinblickt. Er hat mich nie in Uniform gesehen. Wie überrascht er sein wird. Und danach besuche ich meine Mutter in Marcilly.

... Der Zug fährt an der Marne entlang und durchquert das Militärlager von Châlons. Jemand ruft: »La Veuve!« Ich steige aus.

Am Eingang des Dorfes Baracken. Gleich in die erste gehe ich hinein.

Auf einer Strohmatratze sitzt ein Mann. Ich frage ihn:

»Kennen Sie Henri Decamp?«

Er starrt mich an.

»Das gibt's doch nicht«, meint er schließlich, »der Sohnemann?«

Es ist Boiteux, der Freund meines Vaters.

»Henri ist Wein besorgen. Na, der wird sich wundern!«

Liebevoll legt er mir seine Hand auf die Schulter.

»Ist lange her, dass wir uns gesehen haben, Junge. Das war noch in Matougues!«

Wir unterhalten uns.

Die Tür geht auf.

»Papa!«

Ich stürze in seine Arme.

»Wo kommst du her? Hast du auch wirklich Urlaub? Wann musst du wieder los?«

Er betastet mich, geht einen Schritt zurück.

»Wie groß du geworden bist«, murmelt er. »Ich weiß nicht, ob's an der Kleidung liegt, aber du bist fast nicht mehr wiederzuerkennen. Du bist ein Mann.«

Er stellt mir Fragen, dann wendet er sich an seinen Freund.

»Siehst du, Boiteux, bei der Artillerie geht's auch nicht immer rosig zu.«

In seiner Stimme liegen Bewunderung, Verblüffung, Zärtlichkeit.

»Na, immerhin hast du dich rausgemacht! Keiner wird dich mehr Petit-Louis nennen können!«

Auch er ist nicht mehr derselbe. Vollkommen anders als auf dem Foto, auf dem er etwas Schelmisches an sich hat. Kraftlos wie ein Greis steht er da, mit seinen fünfundvierzig Jahren, beim Gehen schlurft er. Außerdem ist er dünn geworden. Die Wangen sind eingefallen, sein

Blick ist trübe. Er trägt einen grauen, stoppligen Bart. Seine schwieligen, rissigen Hände mit den abgebrochenen Nägeln riechen nach Tabak, Schweiß und Stallmist. Einer von der Landwehr, zu alt zum Kämpfen, aber noch gut genug zum Straßenausbessern oder Materialschleppen.

»Siehst du«, meint er und wiegt sich leicht in den Hüften, »es geht uns halbwegs gut. Wir schieben eine ruhige Kugel hier.«

Vor Traurigkeit krampft sich mir das Herz zusammen.

Zum Glück ruft Boiteux nach mir, um mich den alten Hasen der Korporalschaft vorzustellen.

»Wir sind uns doch in Matougues begegnet«, sagen sie zu mir. »Erinnerst du dich nicht? Damals warst du allerdings noch ein kleiner Junge.«

»Essen ist fertig!«, ruft Boiteux.

Man gibt mir den Ehrenplatz. Eine Konservenbüchse wird geöffnet, ich bekomme als Erster was. Anschließend sucht mein Vater ein Stück Fleisch für mich aus, dazu Kartoffeln. Er reicht mir sein volles Kochgeschirr und lässt mich nicht aus den Augen.

Wie meine Mutter sonst, sagt er, ich solle mir »ordentlich den Bauch vollschlagen«.

»Und ihr?«

»Um uns mach dir mal keine Sorgen, Sohnemann!«

Sie haben vor allem Durst. Sie füllen ihre Trinkbecher, bis nichts mehr in den Feldflaschen ist. Sie kramen ihre Tabakspfeifen hervor und beginnen zu paffen.

»Auch eine Pfeife?«, fragt mich mein Vater.

»Ich rauche nur Zigarette.«

»Hier, trink Schnaps … Du wirst deiner Mutter berichten können, dass wir ein ruhiges Leben führen. Abgesehen von den Flugzeugen …«

»Und den Krankheiten! Und dem Ungeziefer!«, ruft Boiteux. »Nach vier Jahren haben wir echt die Schnauze voll. Zum Glück hat das Ganze dank der Amerikaner vielleicht bald ein Ende. Ach, wenn wir nur schon zu Hause wären! …«

»Was für ein Riesenschlamassel!«, verkündet mein Vater. »Und wehe, die Zivilisten legen uns hinterher Steine in den Weg!«

»Wirst du danach wieder als Lastenfahrer arbeiten?«

»Dann wäre es die Mühe nicht wert gewesen, dass ich den Krieg mitgemacht hab, Petit-Louis.«

»Ich geh nicht mehr ins Büro zurück«, sagt Boiteux.

»Und ich nicht in die Fabrik«, meint ein anderer.

Sie reden wild durcheinander, erschaffen eine »neue Gesellschaft«, stürzen das Bürgertum und die Neureichen. »Für die jungen Leute wird das wahre Leben beginnen«, sagen sie zu mir. Mit glänzenden Augen und einem Atem, der nach Tabak und Wein riecht, meint mein Vater:

»Du kannst wieder als Schlosser arbeiten, Vorarbeiter werden. Vor uns liegen noch viele schöne Tage.«

Plötzlich ruft jemand:

»Alarm, Leute! Flugzeuge!«

Fluchend springen alle auf. Ein wildes Gerenne setzt ein, lärmend stürzen Bänke und Betten um.

»Macht das Licht aus, verdammt!«

Einer der Männer stürzt sich auf die Lampe, stolpert, lässt sie fallen, und eine Flamme schießt hoch.

»Weg hier«, sagt mein Vater. »Da lang, Petit-Louis!«

Ohne zu wissen wie, befinde ich mich plötzlich draußen. Flugzeuge brummen, am Himmel krepieren Geschosse. Mein Vater packt mich, und wir rennen los. Eine gewaltige Explosion, dann noch eine. Ein roter Funkenregen zerreißt die Dunkelheit. Wir steigen in einen Keller.

Dort sitzen im Schein einer Kerze dicht aneinandergedrängt an die dreißig Männer, sämtliche Kameraden meines Vaters sind da, außer Boiteux.

»Wir haben echt Schwein gehabt.«

»Ja. Die ist ganz in der Nähe eingeschlagen.«

»Wo bleibt bloß Boiteux? Nicht dass er …«

Die Erde bebt.

Die Angst lässt uns auf brüderliche Weise zusammenrücken. Eng aneinandergepresst, warten wir schweigend ab.

Die Rue de Dames-Gilles ist menschenleer. Ich gehe an der Mauer entlang, hinter der der Gemüsegarten liegt, dann steht das Bordell mit seiner nackten Fassade vor mir. Die Tür steht halb offen, ich schiebe sie auf. Vor einer Schüssel mit Wasser kniet eine Frau und schrubbt den Flur.

»Ist noch nicht offen!«, ruft sie.

Ich mache einen Schritt auf sie zu, und sie dreht sich um.

»Mama!«

»Petit-Louis!«

Sie richtet sich auf und nimmt mich in ihre Arme. Dann bindet sie ihre Schürze ab und bugsiert mich murmelnd ins Hinterzimmer. Links der Saal, dunkel und still, aus dem ein Geruch nach Gemeinschaftsstube und Alkohol zu mir herüberwabert.

»Alles schläft noch«, flüstert meine Mutter. »Erzähl schon …«

»Gestern Abend bin ich von Papa weg.«

»Geht's ihm gut?«

»Und ob! Er macht sich keine Sorgen. Drei Tage war ich in La Veuve, und wir sind immer nur spazieren gegangen und haben Karten gespielt.«

»So ist's mir recht. Und du? Gut schaust du aus.«

»Na klar! Bin ja auch immer an der frischen Luft!«

»Passiert da auch nicht allzu viel?«

»Na hör mal, wäre ich sonst hier?«

»Stimmt … Ich werde Ernestine bitten, Kaffee für dich zu kochen.«

»Ist sie immer noch hier, Ernestine … Und was hältst du von dem Ort?«

»Na ja, wenn man aus Paris stammt … Außerdem macht man bei den feinen Leuten auch so einiges mit. Jetzt kann ich dir ja alles erzählen. Madame Harbulot war auch nicht gerade ein Ausbund der Tugend.«

»Ach was!«

»Die Frau hat sich aushalten lassen. Sie ist mit einem Munitionsfabrikanten nach Saint-Etienne gezogen. Hier weiß man wenigstens, woran man ist.«

Sie hebt den Arm.

»Horch mal, da kommt der Chef.«

Mit mürrischem, aufgedunsenem Gesicht kommt er herein. Kurzes Händeschütteln, als hätten wir uns erst gestern voneinander verabschiedet.

»Sind Sie fertig, Madame Jeanne?«

»Ich bin beim Flur.«

»Beeilen Sie sich ein bisschen, falls wieder die Amerikaner aufkreuzen, wie gestern! Machen Sie sich keine Gedanken wegen Ihrem Jungen. Ich trink mit ihm Kaffee.«

Ernestine bringt Frühstück, und Monsieur Gaston fährt fort:

»Die Boches habt ihr bald im Sack. Foch müsste endlich Frieden schließen in Berlin ... Noch einen Schnaps? ... Du wirst mir im Keller helfen. Genau wie früher, weißt du noch?«

Eine Frage brennt mir auf den Nägeln.

»Und Lily? Wie geht's ihr?«

»Deine Süße? Ihr Bruderherz ist an der Front gefallen, da hat sie uns sitzen lassen. Keine Bange, du findest ne Neue.«

»Aber keine wie sie. Und Blanche, Ginette, Carmen?«

»Keine Ahnung, wen du meinst. Hier gehen dermaßen viele Miezen ein und aus. Sobald sie ein paar Sous zusammenhaben, hauen sie ab nach Paris, diese Luder. Aber jetzt ran an die Arbeit! Nimm die Lampe mit!«

Wir steigen in den Keller hinunter. Staubige Flaschen lagern in Vorratsständern, weitere stapeln sich auf dem Boden neben Kisten mit Champagner. Monsieur Gaston schnauft kurz durch, voller Bewunderung für »seinen Keller« schnalzt er mit der Zunge. Er hockt sich vor ein Fass und zieht Wein ab. Ich klebe auf jede Flasche ein Etikett: *Vieux Bordeaux*.

Wir gehen wieder hinauf.

Im Hinterzimmer geht die Wirtin mit der Bordellbesitzerin die Bücher durch. Sie gibt mir die Hand.

»Guten Tag, Petit-Louis!«

Plötzlich sind Schritte zu hören, und sie ruft:

»Meine Damen, nach unten! Wir haben Gäste!«

Trällernd kommen die Mädchen herunter. Ich kenne keine einzige. Aber ihre Gesten kommen mir bekannt vor, das, was sie sagen. Eine von ihnen fasst mich am Arm.

»Lass ihn in Ruhe«, befiehlt Monsieur Gaston. »Das ist der Sohn von Madame Jeanne!«

»Petit-Louis? Oh, das freut mich aber. Ihre Mutter hat schon viel von Ihnen erzählt.«

Sie ruft ihre Freundinnen. Ich mache Bekanntschaft mit dem »Personal«.

Einen Besen in der Hand, erscheint meine Mutter auf der Bildfläche. Sie richtet ein paar Worte an mich und verschwindet wieder. Kurz darauf finde ich sie im Esszimmer. Sie deckt den Tisch.

»Du schindest dich hier viel zu sehr, Mama.«

»Ach was! Früher musste ich noch viel härter ran.«

Sie geht hinaus in den Hof und ruft:

»Zu Tisch!«

Monsieur Gaston füllt meinen Teller. Schon lange habe ich nicht mehr so gut gegessen. Man beobachtet mich, wie ich alles in mich hineinschlinge und amüsiert sich darüber. Nebenbei erzähle ich von der Front und den Kameraden, ich erfinde Geschichten. Monsieur Gaston bezeichnet mich als ›Pfundskerl‹, und meine Mutter betrachtet mich stolz. Ich recke die Brust, früher habe ich immer zugehört, jetzt bin ich es, dem zugehört wird. In den Blicken mancher der Frauen, die mich unentwegt ansehen, erkenne ich so etwas wie Verlangen.

Das Zimmer leert sich, die Frauen gehen hinauf in ihre Zimmer. Monsieur Gaston macht ein Nickerchen, Madame liest in einem Roman. Meine Mutter und Ernestine waschen ab.

... Dann ist es Nacht.

Draußen in der Gasse wird gesungen. Plötzlich wummern Tritte gegen die Tür, jemand kommt herein, Rufe werden laut, und über all dem Geschrei schallen laut Monsieur Gastons Anweisungen.

Geschminkt und in ihren schimmernden Seidenkleidchen warten die Frauen im großen Saal. Eine nach der anderen verschwindet mit einem Freier am Arm. Sie kommen zurück, es wird getanzt, bald schon geht es hoch her. An jedem Tisch sitzen Frontsoldaten, junge und alte. Sie befinden sich in einem Märchenland, in dem sie für einen Moment die Geliebte, die Mutter oder die Braut vergessen.

Ich habe mir eine Schürze umgebunden und gebe den Kellner. Meine Mutter steht am Fußende der Treppe, wo die Soldaten sich ausweisen müssen, um »eine Nummer zu schieben«, andernfalls bugsiert sie sie in Richtung Büro, wo die Chefin thront. Einige nennen sie lächelnd Omi. Andere wollen sich auf Teufel komm raus Zugang nach oben verschaffen.

»Kommt schon! Spielt nicht verrückt!«

In stummer Ergebenheit kehren sie an ihren Platz zurück.

»Weil Sie's sind, Madame Jeanne.«

Im Vorbeigehen frage ich sie:

»Alles in Ordnung?«

»Hunde, die bellen, beißen nicht«, gibt sie mir zur Antwort.

Wenn sie sich nicht durchsetzen kann, ruft sie nach dem Chef. Er kommt und knöpft sich den Wüterich vor.

»Nun ist's gut«, sagt meine Mutter, »er hat's begriffen.«

Ständig ist sie der Zugluft ausgesetzt, immerfort rempelt sie jemand an. Seit sieben Uhr ist sie auf den Beinen. Jetzt ist es Mitternacht. Ihre Augen glänzen, ihre Wangen sind fieberrot, Haarsträhnen fallen ihr ins Gesicht, mit einer kurzen Bewegung schiebt sie sie zurück. Unermüdlich ist sie am Reden und Verhandeln, wie eine Mutter lächelt sie die Soldaten an, obwohl sie ihr so zusetzen.

»Wir schließen, Madame Jeanne!«, verkündet Monsieur Gaston.

Wir gehen ins Esszimmer.

»Hier schläfst du, Mama?«

»Da steht ein Klappbett, siehst du?«

Ich klappe es aus, und sie setzt sich gähnend darauf.

»Das geht schon seit Tagen so!«

»Kannst du hier denn schlafen? Sie hätten dir wirklich ein Zimmer geben können.«

»Und ihr, an der Front, habt ihr denn Zimmer? Kümmere dich nicht um den Lärm. Ich liege direkt neben der Tür. Manchmal kommen nach Feierabend noch Soldaten und klopfen. Einmal, nachts, haben sie Steine in den Hof geworfen und geschrien, sie würden das Haus in Brand setzen. Aber mach dir keine Gedanken deswegen, ich schlafe gut.«

Sie umarmt mich.

Ich gehe wieder ins Hinterzimmer.

Monsieur Gaston kommt zu mir.

»Ich habe kein Zimmer für dich«, sagt er zu mir. »Aber Marcelle hält gern ein Plätzchen in ihrem Bett frei. Geh rauf, sie wartet auf dich.«

»Findest du es nicht schade, deinen Urlaub mit uns verbracht zu haben?«, fragt mich meine Mutter.

»Aber nein! Was hätte ich in Paris anfangen sollen?«

»Außerdem hast du dir ein paar schöne Tage bei Monsieur Gaston gegönnt, oder?«

Sie mustert mich aus den Augenwinkeln, aber ich gebe keine Antwort.

Wir gehen unter Linden einen menschenleeren Boulevard entlang, rechts und links bürgerliche Villen, zwischen denen immer wieder die Landschaft aufscheint, sobald man am nächsten Platz anlangt.

»Kommst du nie hierher, Mama? Das würde dich entspannen. Bei der Ruhe hier.«

»Hier ist doch überhaupt nichts los, ich würde mich bloß langweilen. Ich bin nicht gern auf dem Land, Petit-Louis. Die meiste Zeit bin ich in der Rue des Dames-Gilles.«

Wir kommen an einen Platz, neben der Kirche, wo wir uns auf eine Bank setzen.

»Bald ist es so weit«, seufzt meine Mutter. »Und schreib mir gleich. Ich bin wirklich froh, dass du dich für die Artillerie gemeldet hast, da kann dir nichts passieren.«

»Na ja, ganz so ist es auch wieder nicht!«

»Was denn, verheimlichst du mir etwa was? Ist die Artillerie gefährlich?«

Sie starrt mich an. Ich wechsle rasch das Thema und rede lachend vom Leben im Bordell.

Meine Mutter zuckt die Schultern.

»Ja, ist schon ein merkwürdiges Milieu. Nicht sonderlich lustig. Mit den Frauen verstehe ich mich gut, ich erledige Einkäufe für sie oder bessere ihre Wäsche aus.

Sie erzählen mir ihre Geschichten. Die Ärmsten, keine von ihnen wollte wirklich in dem Beruf landen. Irgendwann hat eine Freundin oder ein Freund sie mitgeschleppt. Weißt du, als ich hier ankam, hatte eine von ihnen gerade erfahren, dass ihr Bruder gefallen ist. Wenn du sie gesehen hättest! Aber du kennst sie doch: Lily. Sie mochte dich sehr, sie hat oft von dir erzählt. Sie ist mit ihrer Freundin Jeanne fortgegangen, eine Alte, die mir einmal aus dem Krankenhaus geschrieben hat. Da enden sie alle.«

»Sie waren immer nett zu mir.«

»Ich weiß, Petit-Louis. Sie haben allesamt ein großes Herz. Dabei ist das Leben mit den Wirtsleuten kein Zuckerschlecken. Sie wollen immer noch mehr verdienen. Ich ... vorausgesetzt ihr kommt zurück ... Hat dein Vater nichts von seinem Geschäft erzählt? Es läuft nicht mehr.«

»Auf jeden Fall will er nach dem Krieg nicht wieder mit dem Fuhrwerk los.«

»Das sagt er so. Er wird weitermachen wie zuvor. Ich auch. Nur werden wir fünf Jahre älter sein.«

»Tja, also ich weiß nicht, was ich machen werde. Aber ich vertraue darauf, dass es schon gehen wird.«

Es wird langsam dunkel.

Die Augen meiner Mutter sind voller Hoffnung, ihr Gesicht strahlt solche Ruhe aus, solche Güte!

Ich stehe auf.

»Mama, wir müssen Abschied nehmen.«

Wir umarmen uns.

Sie geht langsam davon. Dann dreht sie sich um, winkt mir noch einmal zu und verschwindet.

Im Laufschritt mache ich mich auf in Richtung Bahnhof.

X

Am Eingang der Sappe gibt der Kommandeur wild gestikulierend Befehle aus, die Oberleutnant Dumoulin zischend wiederholt. Es sind unverständliche, widersprüchliche Befehle, Anweisungen und Beleidigungen, weil wir beim Packen nicht schnell genug vorankommen.

Am Waldrand stehen Wagen bereit. Sie sind längst voll, doch es muss noch mehr Ausrüstung verladen werden. Die Offiziere wissen nicht, wohin mit ihren Kofferkisten. Es wird gemurrt und geschubst, alle wuseln herum, doch es geht nicht voran. In der Dämmerung, bei Gewitterregen, der peitschend auf uns niedergeht, müssen die Wagen wieder leer geräumt und neu beladen werden, diesmal systematisch.

Kopflos hasten wir zwischen Wagen und Sappe hin und her. Wir haben nur einen Gedanken: die Wälder des Reimser Hügellands durchqueren, die in unserem Rücken liegen. Der Schlachtdonner vermengt sich mit dem Grollen des Gewitters, es ist überall um uns herum. Abwechselnd leuchten Explosionen und Blitze am Himmel auf. Uns packt die Angst. Wird der Feind urplötzlich auftauchen, wie am Chemin des Dames? Es herrscht Panik, der nackte Wahnsinn. Jeder denkt nur noch daran, sein Leben zu retten.

Nur wenige Hundert Meter entfernt gehen Granaten nieder. Der Kommandeur springt auf sein Pferd, die Wagen ziehen im Galopp davon. Unser Trupp klettert auf den Kastenwagen mit der Fernmeldeausrüstung.

Ich frage Gleize:

»Wo fahren wir hin?«

»Das weiß keiner so genau.«

Wir müssen eine gefährliche Übergangsstelle passieren, dann geht es im Schutz eines Hanges über einen ehemaligen Frontabschnitt. Ich erkenne einen Laufgraben, in den ich mich eines Abends hineingeflüchtet habe, ein Stück weiter liegt ein riesiger Krater: ein Munitionslager, das in die Luft geflogen ist, dahinter der Friedhof, der mit der Zeit immer größer geworden ist, und ringsumher Unmengen von Müll und Schrott. Hier und da tauchen Menschen aus dem Boden auf, werden sogleich wieder von ihm verschluckt.

Ich kenne diese Landschaft in- und auswendig. Ich sehe die Anhöhen von Nogent-l'Abbesse, und auf dem Weg von Châlons nach Reims am Ufer der Vesle ein paar Dörfer, die im Schlamm versinken, das Fort de la Pompelle. Die kreidigen Pfade, die bis zur vordersten Front verlaufen, bin ich beinahe jeden Tag gegangen. Was hab ich mich abgeplagt in dieser Steppe, auf allen vieren hab ich mich vorangeschleppt, wie ein Verrückter bin ich gerannt, unsere Vorgesetzten und die Boches gleichermaßen verfluchend. Einmal, nachts, habe ich mit Masse in Sillery die Leitung repariert. Nur eine einzige gute Erinnerung. An einem Nachmittag haben wir mit ein paar Jungs von den Kolonialtruppen in einem Unterstand ein Lagerfeuer gemacht und Kartoffeln geröstet. Wir tranken und sangen bis weit in die Nacht.

Wir dringen in die Dunkelheit vor. Leuchtraketen steigen auf, weiter hinten lodert die Kathedrale von Reims. Das Gewitter ist vorbei, aber es regnet noch immer. Wir sind komplett durchnässt. Unser Wagen rumpelt dahin. Der Schlachtenlärm wird dumpfer. Es riecht nach Heu und feuchter Erde. Bäume mit zitterndem Laub säumen die Straße.

»In der Etappe machen sie sich alle aus dem Staub«, ruft Salvat.

»Ach was«, erwidert Gleize. »Jetzt beginnt der Bewegungskrieg. Die Boches haben die Marne überquert.«

Wir rumpeln noch lange so dahin. Der Geschützdonner setzt wieder ein, diesmal linker Hand, auch in unserem Rücken.

Jemand ruft:

»Absitzen!«

Wir befinden uns am Eingang zu einem unbekannten Dorf.

»Mir nach«, befiehlt Pellegrin.

Schweigend ziehen Truppen vorbei. Pferde wiehern, irgendwo jault ein Hund. Von Zeit zu Zeit ein knapper Befehl:

»Macht eure Lampen aus, verdammt noch mal!«

»Vorwärts!«

Ich sehe die gewaltigen rotierenden Räder eines

Schiffsgeschützes, die Deichsel eines Wagens streift mich. Endlich landen wir auf einem Bauernhof. Hastig begeben wir uns in einen Keller.

Er ist von Kerzen beleuchtet. Die Vorgesetzten haben sich bereits eingerichtet, wieder einmal haben sie die besten Plätze belegt. Salvat regt sich auf. Masse fährt tastend über die feuchten Wände.

»Halten die auch was aus?«, fragt er.

Plötzlich werde ich von Béguel angerempelt. Er schleppt eine Matratze, die er auf den Boden wirft, um sich sogleich daraufzulegen. Einer nach dem andern verschwinden die Kameraden, um mit Plumeaus, Nackenrollen und Bettzeug zurückzukommen. Man legt sich schlafen.

Zwischen zwei Fässern finde ich ein ruhiges Eckchen, wo Masse und ich unser Lager aufschlagen. Wir werfen unsere Tornister und die triefnassen Mäntel ab. Die meisten der Männer schnarchen bereits vor sich hin, ich würde auch gern schlafen. Ich betrachte die von Salpeter gefleckte Wand, die Spinnweben überall. Es riecht faulig. Wie in der Sappe hört man auch hier die nagenden Ratten ringsumher.

Und immer noch das Donnern der Geschütze. Ich halte mir die Ohren zu, drehe mich um und richte mich jäh wieder auf: Es kommt mir vor, als würde das Fass jeden Moment losrollen und uns zermalmen.

»Masse!«

Er regt sich nicht. Ich lege mich wieder hin, rücke näher an ihn heran. Jetzt, da ich seinen Körper spüre, werde ich ruhig. Mein Herz schlägt gleichmäßiger, mir fallen die Augen zu …

Plötzlich werden wir aus dem Schlaf gerissen. Die Boches haben das Dorf unter Beschuss genommen. In einer Ecke, so weit wie möglich von der Treppe entfernt, kauern wir uns dicht aneinander. Granaten schlagen ein, die Erde bebt. Man hört Scheiben zerbersten und Dächer einstürzen. Brandgeruch dringt zu uns herein. Ein Luftzug lässt unsere Sturmlaterne ausgehen.

Niemand sagt etwas oder wagt es, sich von der Stelle zu rühren. Wir warten. Im Hof explodiert eine Granate. Achtung, gleich kommt noch eine. Eine entsetzliche Stille, dann wird der Keller von einem Blitz erhellt, eine Detonation erschüttert uns.

Bei Tagesanbruch lässt das Feuer nach.

Gegen zehn Uhr hört es schließlich ganz auf.

Pellegrin kommt. Er teilt uns mit, dass die Deutschen die Höhe 240 eingenommen haben, Bligny, Saint-Euphraise. Wir nehmen unsere Ausrüstung, machen uns fertig. Gleize bestimmt mich, mit ihm die Leitung abzugehen.

Eine Sturzflut hat das Dorf heimgesucht und nur noch unförmige Wrackteile zurückgelassen. Wir sehen klaffendes Mauerwerk, verbogene Eisenteile, loses Gebälk, das verwüstete Innere eines Zimmers. An einer Kreuzung liegen Pferde neben einem umgestürzten Wagen. Und über einer Mauer hängen wie an einem Marktstand blutige Fleischstücke.

»Hauen wir ab«, flüstert Gleize mir zu.

Wir folgen einem Pfad, der nach Ville-Dommage führt. In den Weizenfeldern werden Batterien in Stellung gebracht. Hastig laufen Männer hin und her, sie schleppen Granaten und heben Unterstände aus. Man hört das wütende Bellen einer Gruppe 75er-Kanonen.

Die Sommersonne strahlt. Gleize bleibt stehen und legt sich in einen Graben. Ich setze mich hin. Wir sind allein. Vor uns erstrecken sich bis zum Horizont Weizen- und Haferfelder, Obstbäume und Wäldchen. Ein Vogel zwitschert. Ich nehme etwas Erde in die Hand, befühle sie und lasse sie durch meine Finger rieseln. Ich rupfe ein paar Grashalme aus und streiche mir damit übers Gesicht.

Gleize schaut mir zu und lächelt. Plötzlich beginnt er, von seinem früheren Leben zu erzählen, von weiten grauen Himmeln, Rübenfeldern und backsteinfarbenen Städten. Mit zwölf Jahren fuhr er mit seinem Vater zum ersten Mal in die Grube ein.

In heiterer Stimmung machen wir uns wieder auf den Weg.

Endlich gelangen wir zu den Stellungen, die die dreizehnte Batterie bezogen hat. Rundherum ist der Boden von Granateinschlägen aufgerissen.

Der Unteroffizier von den Funkern kommt uns entgegen.

»Dicke Brocken?«, fragt ihn Gleize.

»Sie haben uns aufgespürt, Geschütz 3 wurde getroffen. Alle Kanoniere sind tot.«

Da liegen ihre Leichname, eingewickelt in Zeltbahnen. Félix, Féret, Boutarel, gemeinsam sind wir vom Urlaub zurückgekehrt. Unteroffizier Portugal: ein gutmütiger Riese.

Mechanisch entrolle ich das Kabel, das Gleize aufs Geratewohl verlegt.

Auf der Straße dann noch mehr Männer, Infanteristen, Jäger, Soldaten der Kolonialtruppen und Italiener in grünlichen Uniformen, beladen mit Tornistern, Gewehren und MGs. Sie rücken vor. Einer nach dem anderen verschwinden sie hinter hohem Strauchwerk. In nicht mal einer Stunde werden sie mitten im Schlachtgetümmel sein.

XI

Wir warten auf den Mann vom 8. Pionierregiment, der uns jeden Abend mit den neusten »Funksprüchen« versorgt. Endlich ist er da. Wir stürzen uns genauso auf ihn wie auf den Unteroffizier, der die Post verteilt, wir umringen ihn.

»Und, gute Neuigkeiten?«

»Und ob«, antwortet er fröhlich. »Hört euch das an ...«

Doch in dem Moment fliegt die Küchentür auf, und jemand ruft:

»Die Boches machen sich vom Acker! Morgen früh ziehen wir ab!«

Es ist der Schreiber vom Kommandeur. Er hat Einzelheiten parat. Alles jubelt, tanzt und schreit durcheinander:

»Das ist der Anfang vom Ende!«

»Ich werde uns einen Festschmaus zubereiten!«, verkündet Cauvin.

Verlumpt und verdreckt wie er ist, wacht er über ein erstklassiges Ratatouille, würzt es mit Knoblauch, schmeckt es ab. Gradouble öffnet ein paar Konservendosen. Ich hole Teller aus einer Anrichte. Der Weinholer kommt, und wir setzen uns an einen langen Bauerntisch. Béguel stellt ein knappes Dutzend alter Flaschen vor sich hin.

»Wo hast du die geklaut?«, fragt Gleize.

Er gibt keine Antwort, füllt nur die Gläser und erhebt seins.

»Auf uns, die Truppe der Kodderschnauzen!«

Wir haben trotz allem Glück gehabt: kein einziger Verwundeter, nicht ein Gefallener in unserer Truppe. Doch das Dorf, aus dem ein fürchterlicher Aas- und Brandgeruch aufstieg, die blauen und grauen Leichen auf den Feldern werden uns auf ewig im Gedächtnis bleiben.

Béguel singt:

Tu reverras Paname, Paname, Paname
La tour Eiffel et Notre-Dame …

Wenn ich die Augen schließe, kann ich die Seine vor mir sehen, die Kais und Boulevards. Ich bin leicht beschwipst.

»Glaubst du, dass es diesmal stimmt, Masse?«

»Ganz sicher!«

Voller Inbrunst erzählt er mir von unserer Zukunft. Er ist wie verwandelt, fällt mir um den Hals, und wir sehen uns lachend an. Alles brüllt wild durcheinander. Béguel will sich eine Woche lang betrinken, sollte er freikommen, Bruger und Gradouble sind sich sicher, dass sie ihre alte Arbeitsstelle wiederkriegen, Gleize will seine Eltern in Lens besuchen, und Cauvin wird wieder zurück nach Marseille gehen. Nie mehr Leitungen reparieren, Posten stehen, Beschuss fürchten. Jetzt fängt das wahre Leben wieder an.

Die alten Hasen reden von der Marne und den ersten Schützengräben, von der Schlacht bei Verdun, von einem geruhsamen Herbst, den sie in der Etappe verbracht haben. Es hat gute und schlechte Tage gegeben, tapfere Offiziere und brutale Fieslinge, Fronturlaub mit Frauen, Freunde, die einem ein trauriges Schicksal geraubt hat. Auch ich brüte immer wieder über meinen Erinnerungen. Was wohl aus Tavernier geworden ist? Aus Lemoigne, Jacques Collin, Pierre Lentaigne, die versprochen hatten, mir zu schreiben. Vielleicht sind sie verwundet worden oder längst …

Wir haben noch all unsere Gliedmaßen am Leib! (Auch wenn wir uns Gott weiß wie nach einer anständigen Verwundung gesehnt haben.)

Cauvin fängt an zu singen:

La pitchoune, la pitchoune Thérèse
La plus belle Marseillaise …

Er trifft die Töne nicht. Schließlich beschreibt er uns den alten Hafen und die Cannebière.

»Sobald Frieden ist, müsst ihr unbedingt vorbeikommen.«

»Ich bleibe in Paris«, antwortet Béguel in verächtlichem Ton.

»Und ich in Toulouse«, meint Salvat.

Bevor es zum Streit kommt, steht Gradouble auf.

La Madelon …

»Halt die Klappe!«, befiehlt Gleize.

Er stimmt den »Petit Quinquin« an.

Béguel beginnt:

Quand on arrive en permission
Après quatre mois de privations
On est joyeux la chose est sûre
On vous procure des distractions
On vous emmène au cinéma
Ah ! quelle belle chose que ce truc-là

Er hält kurz inne, und wir anderen grölen im Chor:

On voit Poincaré sur le Front
Quand on vient en permission.

Wir spulen unser gesamtes Repertoire ab. Jedes Lied weckt traurige oder fröhliche Erinnerungen in uns. Eine durchwachte Nacht in der Sappe, oder die Zeit, als wir hinter Soldaten von den Kolonialtruppen herliefen, die brüllten:

Pour faire un soldat de marine
Il faut avoir de la poitrine.

Plötzlich bittet Bruger mit seiner schönen Stimme um Ruhe. Er singt ein Liebeslied aus dem Vorkriegssommer.

Salvat grölt das Lied der Soldaten der Afrika-Armee.

Wir tanzen.

Eng umschlungen gleiten Gradouble und Cauvin dahin, Gleize klatscht, Bruger vollführt Luftsprünge. Ich tanze mit Masse. Er schmiegt sich an mich, gibt mir einen Kuss. Liegt es am Wein, an den Zukunftsträumen, dass er übers ganze Gesicht strahlt? Diese Energie, diese wilde Freude, dieses Selbstvertrauen! Er reißt mich mit.

»Ausverkauf!«, kreischt Béguel. »Ausverkauf!«

Wir hören auf zu tanzen. Ausstaffiert mit einem Kleid und einem Mieder wiegt er sich in den Hüften, während er auf und ab läuft und uns keck zuzwinkert. Er hat eine Schranktür aufgebrochen. Wahllos wirft er Handtücher, Laken und Blusen auf den Boden und schwenkt schließlich eine Damenunterhose. Salvat stürzt sich sofort darauf und reißt sie ihm aus der Hand. Ineinander verschlungen, kringeln sie sich.

Möbel werden umgestoßen, Stühle gehen zu Bruch, das Geschirr liegt in tausend Scherben.

»Wenn jetzt ein Offizier käme«, meint Gleize.

»Haben wir etwa kein Recht, uns wie die Boches aufzuführen?«, schreit Salvat. »Jetzt sind wir auch mal dran. Sollen sie sich ruhig aufregen ...«

Er wendet sich zu uns.

»Kommt Leute, wir singen die *Internationale*!«

Die Straße, auf der wir unterwegs sind, führt zunächst durch Felder, später durch Heideland, in dem die Deutschen ein Netz von Schützengräben zurückgelassen haben, manche offen, mit faulenden Überresten darin, andere sumpfig wie Kanäle.

Eine mit Zeltbahnen abgetarnte Kreuzung.

Die Hände in den Taschen, laufen wir an Gräbern und umgekippten Munitionswagen vorbei. Ein Donnern in der Ferne lässt uns zusammenschrecken. Wir lachen über unsere Angst. Der Herbstwind weht, Wolken verdüstern den Himmel. Doch es ist ein Tag des Sieges.

»Wir sind beim Fritz!«, frohlockt Masse wieder und wieder. »Ach, Petit-Louis! Jetzt bleiben wir für immer zusammen.«

Wir verspüren keine Müdigkeit. Mir kommt der Gedanke, dass wir nie wieder Schwermut, Traurigkeit oder Gefahr durchleben werden.

Wir essen einen Happen. Dann geht es weiter. Es nieselt. Wir kommen durch eine Einöde, durch die Fahrzeugkonvois und lange Kolonnen von Infanteristen ziehen. Von Zeit zu Zeit wende ich mich um. In der Ferne, im Dunst, liegt wie ein Bildnis der Vergangenheit das Hügelland von Reims.

Endlich machen wir Rast in einem Wäldchen, das die Deutschen als Munitionslager genutzt haben, überall liegen noch Geschosse, Patronengürtel und Handgranaten herum.

Unsere Gruppe begibt sich auf die Suche nach einem Unterstand.

Jemand ruft:

»He! Echt ein gemütliches Plätzchen.«

Wir rennen hin. Béguel steht am Eingang einer Sappe und schwenkt seine Sturmlaterne.

»Gehen wir rein?«

»Wir sollten aufpassen«, meint Gleize, »vielleicht ist sie vermint.«

»Reinschauen können wir ja mal. Zum draußen schlafen regnet es jedenfalls zu doll. Bestimmt gibt's auch einen Notausgang.«

Wir folgen ihm.

»Vorsicht mit den Stufen. Keiner fasst die Drähte an ...«

Wir steigen eine endlos lange, steile Treppe hinunter. Es wird immer enger, die Decke ist so niedrig, dass man sich bücken muss. Ich rutsche aus. Der Boden schwankt.

»Masse ... hier drin erstickt man ja.«

»Irgendwie riecht es nach Gas.«

Ich rufe:

»Vorsicht Gas!«

»Halt die Klappe«, befiehlt Béguel.

Wir kommen in einen rechteckigen Raum mit niedriger Decke. Die Kameraden lassen sich auf Holzpritschen sinken, rollen ihre Decken aus oder stöbern auf der Suche nach irgendwelchem Kleinkram herum.

Ich lege mich auf ein Bett.

Masse, die Augen weit aufgerissen, liegt neben mir.

»Kannst du schlafen?«

»Von wegen ... ich hab Angst.«

»Ich auch.«

Ich sehe Fratzen an der Wand, rätselhafte Inschriften.

Ich höre, wie eine Uhr tickt, vielleicht das Uhrwerk einer Höllenmaschine. Wenn wir eingeschlafen sind, wird das Gewölbe einstürzen, Tonnen von Erde werden uns unter sich begraben.

»Masse, schläfst du schon?«

»Nein«, wispert er. »Wollen wir rausgehen?«

Wir stehen auf.

»Wir suchen uns woanders was!«

Hastig poltern wir die Treppe hinauf. Wind peitscht mir ins Gesicht.

»Ah, frische Luft!«

»Das ist wirklich nicht der Moment, um sich begraben zu lassen.«

Der Mond scheint. Neben einem Schützengraben bleiben wir stehen.

»Hier, Masse!«

»Komm, noch ein Stück!«

Ein paar Minuten später ruft er:

»Béguel würde sagen: ›ein gemütliches Plätzchen‹!«

Eine weit offen stehende Blechhütte, in der Abfall lagert, auch Munitionskisten.

»Hol unser Gepäck, Petit-Louis. Ich mach inzwischen ein bisschen sauber.«

Ich steige wieder in die Sappe. Die Kameraden schnarchen.

Ich sammle unsere Decken und die beiden Tornister zusammen und gehe wieder hinauf. Leicht außer Atem, bleibe ich einen Moment lang stehen. Plötzlich gibt es einen kurzen Knall, dann noch einen. Ich weiche instinktiv zurück, gehe ein paar Stufen hinunter, als ich inmitten der Stille die Stimme von Masse höre, seltsam fremd, schrill und markerschütternd:

»Petit-Louis … Louis.«

Ich lasse alles stehen und liegen und stürze zu ihm.

»Masse! Masse!«

Ich falle auf die Knie.

»Bist du verletzt?«

Er antwortet:

»Beim Saubermachen … bin ich an ein paar Handgranaten gestoßen … Oh! Petit-Louis …«

Ich nehme ihn vorsichtig in den Arm.

An meinen Händen ist etwas Klebriges, Heißes: Blut.

»Bleib liegen. Ich habe meine Feldflasche dabei.«

Ich lasse ein wenig Wasser über sein Gesicht rinnen.

»Tut das gut?«

Er stöhnt. Er bewegt sich nicht mehr.

Ich rufe, keine Antwort.

In der Ferne ist noch immer das Schlachtdonnern zu hören. Die letzten Kanonenschüsse.

»Der Krieg ist vorbei, Masse! Vorbei! Wir müssen nicht mehr kämpfen, nie mehr töten. Hörst du, Masse? Bald sind wir frei, wir gehen zurück nach Paris!«

Einmal noch stammelt er meinen Namen, dann wird das Stöhnen leiser. Ich möchte seine Schmerzen lindern, möchte all das Blut zurückhalten und bin doch nur fähig zu zärtlichen, hilflosen Gesten.

Ich stehe auf und laufe zum Unterstand zurück.

Ich wecke die Kameraden.

»Schnell, Masse ist verwundet. Eine Granate hat ihm den Bauch zerfetzt.«

Sie folgen mir.

Wir gelangen zu unserem Unterschlupf.

Am Boden ein regungsloser Leib.

Gleize beugt sich hinunter ... und richtet sich wieder auf.

»Er ist tot.«

Jetzt, im fahlen Licht des anbrechenden Tages erkennt man sein von Erde verkrustetes Gesicht, die halb geschlossenen Lider und den verzerrten Mund, aus dem schwärzliches Blut rinnt. Seine Kleidung ist voller Schlamm, halb verbrannt, und aus den Stofffetzen ragt ein Stück verschrumpeltes Fleisch hervor.

Behutsam wasche ich ihm das Gesicht, den Oberkörper und die Arme, die nur noch entsetzliche Stümpfe sind. Ich wickle seinen Leichnam in meine Zeltplane und wende mich ab, um es nicht mehr anblicken zu müssen, dieses steife, unmenschliche Ding dort, das einmal voller Empfindungen war und schön.

Oberleutnant Dumoulin trifft ein.

»Was ist passiert? Was zum Teufel wollte er überhaupt hier?«

Ich erkläre ihm alles, und als ich fertig bin, zieht er murrend von dannen. Ein paar der Kameraden kommen, sie haben Schaufeln und Hacken dabei. Gleize und ich heben den Leichnam auf.

Der Weg ist rutschig, wir können nur langsam gehen. Angekommen, setzen wir unsere Last ab.

Ein Friedhof mit Kreuzen, auf denen deutsche Namen stehen.

Die Kameraden heben eine Grube aus.

Ein dumpfes Geräusch.

Wir schaufeln Erde auf den Leichnam meines Freundes. Gleize hebt ein Kreuz auf, ritzt einen Namen hinein und steckt es auf das Grab.

Ich bleibe allein zurück.

Es wird hell. In der Ferne ziehen wohlgeordnet Truppen vorüber, ein Konvoi hinter dem anderen. Bald ist der Sieg da, ist Frieden. Ich empfinde kein Glück darüber, Masse ist nicht hier, um es mit mir zu teilen.

Die Fäuste geballt, gehe ich langsam davon.

EPILOG

Der Zug rollt durch die Nacht.

Die Hände in den Taschen, sitze ich mit ausgestreckten Beinen in der Ecke neben der Tür und bin glücklich. Ich singe leise vor mich hin, genau wie damals, als ich auf Urlaub fuhr.

Vor dem Abteil bleibt ein Offizier stehen. Ich salutiere nicht vor ihm. Soll er doch meine Personalien überprüfen, das würde für Gelächter sorgen! Ich hab nichts mehr zu schaffen mit der Armee!

Im Demobilisierungslager haben sie mir eine braune Jacke und eine Hose gegeben, dazu eine Mütze. Die Zivilkleidung gefällt mir. Ich befühle den flauschigen Stoff. »Das ist besser als horizontblau!« Kein Helm, kein Soldatenmantel und auch keine Wickelgamaschen mehr. Ich fühle mich unbeschwert, genieße meine Bewegungsfreiheit. Nur einen Brotbeutel habe ich behalten, mit einem Haufen Krimskrams darin, Souvenirs, die ich nach Paris mitbringe.

Ich rauche eine Zigarette.

Ich setze mir die Mütze auf den Zeigefinger und lasse sie kreisen.

Ein Fahrgast meint:

»Sie sind bestimmt froh, dass Ihr Militärdienst rum ist!«

»Und ob! Die sehen mich garantiert nie wieder!«

Gestern noch war ich ein Gefangener. Im Büro musste ich einen Haufen Papiere unterschreiben, dann sagten sie: »Sie sind frei. Hauen Sie ab!«

Ich war zusammen mit Bruger und Gradouble. Keine Sekunde länger haben wir in der Kaserne vertrödelt. Bis zur Abfahrt des Zuges setzten wir uns in ein Café. Die alten Hasen waren nicht mehr da: Béguel, Gleize, Salvat, Cauvin, allesamt schon nach Hause gefahren. Wir haben von ihnen gesprochen, haben uns an den Tag zurückerinnert, als sie abgefahren sind. Beim Abschied haben wir versprochen, uns zu schreiben.

Die Monate unmittelbar nach dem Krieg habe ich kaum in Erinnerung. Irgendwie glichen sie sich alle. Ich hing in der Etappe herum, in Lagern, in denen man damit befasst war, Ausrüstungsgegenstände wiederzubeschaffen. Mehrmals bin ich im Elsass gewesen. Danach wurde die Abteilung aufgelöst. Und dann das Kasernenleben, stumpfsinnig und eintönig wie in Poitiers, nur mit den Zwängen der Friedenszeit. Die Kameraden waren einer nach dem anderen abgereist, ich brachte sie zum Bahnhof und dachte jedes Mal: »Wann bin ich endlich dran?« Mein Vater war schon seit geraumer Zeit aus dem Militärdienst entlassen. Jeden Morgen zählte ich die Tage, bis ich vielleicht nach Hause käme.

Ein Schatten trübt meine Freude: Ich kehre allein zurück. Masse sollte eigentlich zu mir kommen, oder ich hätte ihn besucht …

Jemand ruft:

»Château-Thierry!«

Ich wische die Scheibe sauber. Zu beiden Seiten der Schienen erstreckt sich das flache Land mit Bauernhöfen, Tümpeln, Strauchwerk und Weiden, auf denen Kühe stehen. Von den Kämpfen, die hier stattgefunden haben, ist nichts mehr zu merken.

Die Strecke führt durch ein aufgelassenes Lager: der Verteilerbahnhof von Vaires-Torcy, wo man die Urlaubsbescheinigungen abstempeln lassen musste.

Dann beginnen die Vorstädte.

Brachland, das zum Verkauf steht, Pfützen, mit Schutt oder Müll gefüllte Gruben. Eine schwarze Straße aus Kohlenschlacke, gesäumt von Masten und abgestorbenen Bäumen. Eine Stadt mit winzigen, gipsartigen Häusern, Unterstände wie an der Front. Eine Straßenbahn gleitet dahin. Sie hält, hastig steigen Männer und Frauen ein. Sirenen, Klingeln ertönen. Fabrikschlote qualmen.

Auf den Bahnhöfen warten Fahrgäste, sie lesen Zeitung, schauen unserem Zug hinterher. Wir gern würde ich ihnen zurufen: »Guten Tag! Ich komme zurück. Ich bin einer von euch!«

Die Gleise verzweigen sich immer mehr. Noisy-le-Sec. Ein Maschinenlager. Ach, meine heimliche Flucht nach Paris, als es an die Front ging!

Ich lehne mich aus der Wagentür.

»Sacré-Cœur. Diesmal sind wir wirklich da!«

Quietschend kommt der Zug zum Stehen.

Ich steige als Letzter aus. Mit klopfendem Herzen

bleibe ich eine Weile regungslos stehen. Ein Regionalzug fährt ein, von dem ein paar Männer abspringen, noch bevor er richtig hält. Sie rempeln mich an und ziehen mich mit.

Ich verlasse das Bahnhofsgebäude. Ich taste nach meinem Brotbeutel, dann nach der Hosentasche, in der mein Portemonnaie verstaut ist. Ich gehe an einem Zaun entlang. Hinter den Gitterstäben erkenne ich einen Platz, dann einen Boulevard. Unablässig brausen Autos vorbei, dunkel gekleidete Menschen wirbeln um mich herum. Was für ein Höllenlärm! Ich halte mir die Ohren zu und kneife die Augen zusammen.

Nur mit Mühe komme ich voran. Die lange Reise hat mich erschöpft, die Überraschung und Freude machen mich beklommen. Inmitten dieser herumwuselnden Menge komme ich mir wie ein Fremdling vor. Niemand sieht mich an. Ich bin ein x-beliebiger, noch dazu schlecht gekleideter Mann, der nicht weiter auffällt. Ich gehe schneller. Ein Hauptmann kommt mir entgegen. Mal sehen! Die Arme an den Körper gepresst, blicke ich ihm stolz ins Gesicht.

Ich denke: »Menschenskind, ich bin wirklich frei!«

Ich komme an einem Kaufhaus vorbei. Von meiner Entlassungsprämie könnte ich all das hier kaufen. Ich lache. Ich bleibe vor einem Spiegel stehen und betrachte mich. Dann gehe ich in eine Bar und trinke einen Kaffee mit Schuss.

Mein Viertel!

Ich trällere vor mich hin. Leute sehen verwundert herüber. Aber nein, ich bin nicht betrunken. Junge Mädchen und Frauen gehen vorbei, ich möchte ihnen etwas zurufen, meine Freude mit ihnen teilen. Die Welt ist wie neu, sie gehört mir. Ich hole tief Luft. Ich lausche den Geräuschen der Straße wie man einer Musik lauscht.

Ich kenne sämtliche Straßen hier, mit geschlossenen Augen könnte ich sie ablaufen. Die hohen Mietshäuser links und rechts sind verwaschen, gelblich, rußgeschwärzt und werden nicht mehr überstrichen. Ich komme zu unserem. Wie gern würde ich meinen Namen entdecken, das, was ich an die Wände gekritzelt habe, doch Zeit und Regen haben alles weggewischt.

Arbeiter kommen aus den Fabriken, steigen auf ihre Fahrräder oder kehren in Kneipen ein. Stimmt ja – der Zehnstundentag!, von sieben bis zwölf, und von dreizehn bis achtzehn Uhr, wie damals bei Monsieur Bernard, meinem ersten Boss. Ja, aber immerhin kann man weg, wann immer man will, kann den ganzen Krempel hinwerfen.

Meiner Mutter habe ich geschrieben: »Ich bin bald da.« Ganz sicher ist sie längst zurück und wartet auf mich.

Meine Straße, so still, fast ländlich mit ihrem holprigen Pflaster und dem alten Gemäuer. Jeder kennt mich, ein kleines Dorf ist das hier. Ich will niemanden grüßen. Sie würden mich nur aufhalten, es würde kein Ende nehmen.

Die Concierge, die vor ihrer Hausmeisterwohnung steht, ruft laut:

»Na so was! Petit … Monsieur Louis! Sind Sie aus dem Kriegsdienst entlassen? Da wird sich Madame Decamp aber freuen!«

Sie schwatzt drauflos, doch ich bleibe einsilbig. Rasch gehe ich hinauf. Die Stufen sind verstaubt, das Geländer speckig, die Wände beschmiert. Es riecht nach Abwaschwasser. Frauen schreien, Kinder greinen. Je höher ich komme, desto besser kann ich durchs Fenster im Hausflur die Landschaft erkennen.

Oben angekommen, hämmere ich mit der Faust an unsere Wohnungstür.

Der Schlüssel dreht sich im Schloss.

»Mama!«

Sie erscheint in der Tür, öffnet den Mund und presst mich schluchzend an ihre Brust.

»Wir sollten nicht hier draußen stehen bleiben, Mama!«

Wir gehen rein.

Es kommt mir vor, als stürzte ich ins Nichts. In meinem Kopf dreht sich alles. Ich halte mich an den Möbeln fest. Ich sehe nur noch das Gesicht meiner Mutter.

»Es kommt dir komisch vor«, sagt sie. »Als dein Vater zurückgekommen ist, konnte er's auch nicht fassen. Ach, dass du wieder da bist, für immer!«

Wir werden uns nie mehr trennen. Hier geht es uns gut, alles ist friedlich. Sich bloß nie mehr rühren.

Ich setze mich hin. Sie fragt mich:

»Isst du immer noch gern Pommes frites? Ich weiß nicht, ob's dir so geht wie Henri, er hat sich den Magen verdorben.«

Plaudernd sitzt sie in der Küche und fragt mich aus. Ich höre sie kaum, doch fürs Erste genügt es, wenn ich mit Ja oder Nein antworte. Ich betrachte unsere Möbel, diese heimelige, vertraute, ewiggleiche Umgebung.

»Deck den Tisch!«

Ich stelle zwei Teller auf die Wachstuchdecke, Gabeln dazu. Meine Mutter kommt mit dem Essen herein und lacht schallend los.

»Wie hast du denn gedeckt! Und die Gläser ... Du hast dich auf den Platz von deinem Vater gesetzt.«

Wir essen.

»Lass dir Zeit. Das ist besser als das Zeug bei der Armee, was?«

Mein Glück ist anders, als ich mir vorgestellt hatte. Ich kaue eifrig. Zwischen zwei Happen stelle ich Fragen.

»Kaufst du immer noch bei denselben Händlern?«

»Nein. Momentan muss man dauernd woandershin. Nur bei der Bäckerin bin ich noch.«

»Und deine neue Stelle?«

»Ach, das ist nicht so wie in Marcilly. Der Haushalt ist schwer, und ich verdiene weniger. Die Einrichtung von Neureichen. Bei Monsieur Gaston lief alles ganz einfach. Aber auf dem Lande wollte ich nun mal nicht bleiben, außerdem hatten wir nach dem Waffenstillstand nicht mehr viel zu tun. Ich hab einen Tausendfrancschein zur Seite gelegt. Damit sind wir fürs Erste sorgenfrei.«

»Und Papa?«

»Es geht. Natürlich hat er wieder sein Fuhrwerk übernommen. Allerdings macht er keine Lieferungen in den Vorstädten mehr. Trotzdem ist es hart, ich weiß nicht, ob er ewig so weitermachen kann. Wir werden schon sehen.«

Sie spricht tonlos. Sie ist krumm geworden, ihre Gesichtsfarbe grauer, um ihre Augen und den Mund herum hat sie Falten bekommen. Der Krieg hat meine Eltern schneller altern lassen. Ich werde sie unterstützen müssen, mir eine Stelle suchen. Ob ich wieder bei der *Nord-Sud* anfangen soll? Bei den Transportgesellschaften hat man keine Zukunft. Eine Stelle als Schlosser suchen? Kenne ich mich in meinem Beruf denn noch aus?

»Ich werde irgendwas auftun müssen, Mama.«

»Keine Sorge. Darüber reden wir heute Abend, wenn dein Vater heimkommt. Du bist zurück, das ist das Wichtigste. So unglücklich wie im Krieg werden wir niemals mehr sein, stimmt's?«

»Ach, ich glaube, jetzt hätte ich vor nichts mehr Angst. Ich bin nicht mehr Petit-Louis.«

Meine Mutter lächelt.

»Bald bist du so stark wie dein Onkel August.«

Nach kurzem Schweigen sagt sie:

»Dann räum ich mal ab.«

Ich stehe ebenfalls auf.

Ich ziehe die Gardinen zurück. Frauen und Kinder kommen die Rue Montcalm herunter, plötzlich taucht eine Trauergesellschaft auf. Es ist der Weg, der zum

Friedhof in Saint-Ouen führt. Dann ist der Begräbniszug wieder verschwunden. In den Fenstern meiner ehemaligen Schule brennt noch Licht. Dunst liegt über den Hügeln von Argenteuil, den Brachen hinter dem Stadtwall und den Fabriken, aus denen Rauchwölkchen aufsteigen. Ich höre Pfiffe, ratternde Züge. Ich sehe die Landschaft wieder so, wie ich sie als Kind gesehen habe. Ich weiß, wie der Wolkenflaum sie im Frühjahr beleben und die erbarmungslose Sommerhitze ihre Konturen verstärken wird. Ich stelle mir einen Augusthimmel vor, über und über mit Sternen besetzt.

»Na, erkennst du alles wieder?«, fragt meine Mutter. »Seit dem Krieg ist viel gebaut worden, aber der Ausblick ist immer noch schön. Als ich allein war, hab ich oft am Fenster gestanden und rausgeschaut, als würdet ihr jeden Moment kommen ... Vor Kurzem haben sie mir eine andere Wohnung angeboten. Aber wozu umziehen? Zwar will der Besitzer nichts mehr renovieren, aber dann tapeziert ihr eben das Wohnzimmer. Wir werden keine Sorgen haben und wieder so leben wie wir 1914 gelebt haben.«

Das Licht der Abenddämmerung ist mild. Mir kommen wieder jene fernen Tage in den Sinn, als ich hier in aller Ruhe darauf wartete, dass es Nacht wurde.

»Es ist, als wäre nie Krieg gewesen.«

Meine Mutter zieht eine Schublade der Anrichte auf, nimmt ein Päckchen heraus und legt es auf den Tisch.

»Eure Briefe. Eine ganze Menge. Willst du deine sehen?«

Ich stöbere in dem Packen herum. Da ist einer aus Poitiers, es war kalt, aber wir saßen im Warmen, wurden anständig versorgt (das war zu der Zeit, als ich vorgab, verrückt zu sein). In dem hier berichte ich von meiner Ankunft in Vassognes, einem ruhigen Frontabschnitt!, und in dem von einem Spaziergang nach Oulches! In dem da von einem Dorf in der Nähe von Ville-en-Tardenois, wo wir uns ein paar Tage erholen sollten (allerdings wurde unser Quartier jede Nacht von deutschen Flugzeugen beflogen). Ich sitze wieder in einer Scheune, in einer Sappe, neben Masse. Wir lasen, während die anderen Karten spielten.

»Du hast nicht immer die Wahrheit erzählt«, sagt meine Mutter leise.

»Ich wollte nicht, dass du dir Sorgen machst. Ich habe dir nicht geschrieben, dass Masse gestorben ist.«

»Der Freund, den du mitbringen wolltest?«

»Ich wünschte, du hättest ihn kennengelernt … Zum Glück ist ihr Krieg für immer vorbei.«

»Ich wollte dir auch nicht alles schreiben, aber abends, wenn ich von Madame Harbulot kam und dann die Wohnung so leer war … In Marcilly war das etwas anderes. Man hatte immer Leute um sich. Und du hast damals gekämpft!«

»Ich habe Wache geschoben oder Leitungen repariert.«

»Einmal hast du zwanzig Tage lang nichts von dir hören lassen.«

»Im August '18, als die Deutschen Reims eingekesselt hatten. Ich dachte wirklich, wir wären erledigt.«

»Sei still.«

Sie sammelt die Briefe wieder ein.

»Ich werde sie allesamt verbrennen. Lauter Erinnerungen an den Krieg, herzlichen Dank! Dein Vater hat seinen Helm auf den Müll geworfen. Und er hat recht daran getan! Wir haben uns wirklich genug Sorgen machen müssen!«

Sie macht die Lampe an.

»Ich habe das Abendbrot fertig. Solange Henri noch nicht da ist, sehe ich deine Wäsche durch.«

Sie setzt sich und öffnet ihren Handarbeitskasten. Sie näht. Von Zeit zu Zeit schaut sie auf und sieht mich zärtlich an.

»Jetzt sind wir endlich alle wieder zu Hause, Louis.«

Das helle Licht der Lampe streicht über die Möbel, der Ofen bullert. Im Treppenhaus sind Mieter zugange, Türen klappen. Ich höre jemanden auf dem Absatz.

»Das sind Madame Gallais und Monsieur Thévenard«, sagt meine Mutter.

»Sprecht ihr wieder miteinander?«

»Aber natürlich!«

Auch ich werde bald von der Arbeit nach Hause kommen. Ich werde meine Suppe essen, während meine Mutter nach meinem Tag fragen wird. Ich weiß, wie anstrengend alles wird, trotzdem ist mein sehnlichster Wunsch, für immer in dieser Welt ohne Überraschungen bleiben zu dürfen. Voller Liebe kehre ich zu ihr zurück. Jetzt weiß ich, was ich daran habe. Ich werde jede noch so schwere Arbeit annehmen. Und abends werde ich lesen.

»Und eines Tages wirst du heiraten«, murmelt meine Mutter.

Ich stehe vor dem Spiegel und betrachte mich. Ich recke die Brust. Ich bin ein Mann. Meine Zukunft liegt vor mir.

Einmal noch denke ich an die Vergangenheit. Ich gehe zum Fenster, hebe die Gardinen an und blicke auf die schlummernde Landschaft, den Himmel, den die Lichter von Paris erleuchten.

Ich wende mich um.

»Mama! Wir werden ein glückliches Leben führen!«

Sie ist aufgestanden.

»Sei still, Louis.«

Ich höre Schritte im Treppenhaus, Husten, seinen keuchenden Atem. Ich rufe:

»Papa!«

Meine Mutter hat einen Gesichtsausdruck, den ich noch nie an ihr gesehen habe.

»Ja, dein Vater kommt. Geh und öffne die Tür!«

Julia Schoch

Der diskrete Charme des Eugène Dabit

Eugène Dabit (1898–1936) hat es sich nicht leicht gemacht mit seinem autobiografisch gefärbten Roman *Petit-Louis*. Diese Aussage mag verwundern angesichts der Knappheit des Buches, seiner scheinbar mühelosen Schlichtheit. Tatsächlich hat der Autor erst nach vier gänzlich verschiedenen Fassungen zu der vorliegenden gefunden. »Ich wollte die Geschichte eines Jugendlichen erzählen und damit zugleich die Geschichte eines Arbeitermilieus, in dem sich eine bestimmte Art von Poesie finden lässt, so versteckt, dass man sie nur erahnen kann«, schrieb der Autor im Herbst 1930, kurz vor Erscheinen seines Buches, an einen befreundeten Kollegen. Dieses Bekenntnis ist nur das letzte einer langen Reihe wechselnder Absichtserklärungen, die Dabit im Verlauf des Entstehungsprozesses des Romans gegeben hat.

Mitte der Zwanzigerjahre des letzten Jahrhunderts macht sich Dabit nach eigenem Bekunden »wie besessen« daran, seine Jugend literarisch aufzuarbeiten. Jene Jahre also, die zeitlich in eins fielen mit dem Ersten Weltkrieg. Der noch junge Künstler verspürt einen enormen Erfahrungsdruck. Das teilt er mit einer ganzen Generation, für die dieser Krieg nicht bloß irgendein Thema war, sondern *das* prägende Erlebnis ihrer bisherigen Existenz. Das stetige Um- und Überschreiben des Romanmanuskripts zeugt vor allem von der Schwierigkeit, diesen Erfahrungen eine Rangordnung zukommen zu lassen. Was von dem Erlebten gehörte zur individuellen, was zur kollektiven Erinnerung? Und ließ sich das Erlebnisknäuel aus Jugend und Krieg überhaupt auseinander fitzen?

Dabit, bei Kriegsausbruch kaum sechzehn Jahre alt und Schlosserlehrling, gehörte zu jener Generation, die direkt von der Schulbank oder Lehre weg in den Kampf geschickt wurde. Unerfahren und weltenblind. Diese Art von Naivität, die der Autor mit seinem Helden Petit-Louis teilt, bringt er nicht zuletzt mit seiner Herkunft in Verbindung, dem Milieu, aus dem er stammt. Als Sohn eines Rollkutschers und einer Putzfrau, aufgewachsen im Pariser 18. Arrondissement, damals eine Arbeiterwohngegend, war sein Erlebnisradius begrenzt. Ein Leben ohne Weitblick. »Noch nie bin ich aus meinem Viertel rausgekommen, ich lebe hier wie in einer kleinen Stadt, habe täglich dieselben Straßen vor Augen, dieselben Geschäfte«, heißt es im Buch. Der sechzehnjährige Petit-Louis schaut von der Wohnung aus in die Ferne, was heißt in die Vorstädte, die damals noch deutlich sichtbar durch den ehemaligen Festungsgürtel von Paris getrennt sind. Der Krieg setzt diesem unfreiwillig begrenzten Leben abrupt ein Ende. Zunächst durchaus als Verheißung. Vor dem Tourismus kam dem Krieg das zweifelhafte Verdienst zu, die Männer mit der »großen weiten Welt« bekannt zu machen.

Als Petit-Louis mit der Mutter Richtung Frontgebiet fährt, um den Vater zu besuchen, ist er von Euphorie erfüllt. Endlich bekommt er etwas vom Land zu sehen. Diese Euphorie ist nur zu verstehen vor dem Hintergrund eben jener Ahnungslosigkeit, genau wie die Fassungslosigkeit, mit der der Krieg wenig später als unbegreiflicher Schrecken, als bis dato *unvorstellbares* Grauen wahrgenommen wurde.

Nach seiner Entlassung aus dem Militärdienst 1919 nimmt Eugène Dabit an verschiedenen Pariser Kunstschulen Unterricht. Er will Maler werden. Mit siebenundzwanzig Jahren wechselt er zum Schreiben. Er verfasst Essays über Malerei, kleinere Skizzen, übt sich in Erzählungen. In einer von ihnen taucht bereits 1925 ein Kind namens Petit-Louis auf. Als er mit dem umfangreicheren Projekt gleichen Namens beginnt, um seine Jugend im Krieg zu verhandeln, ist die sogenannte erste Welle der Kriegsliteratur bereits durch. Sie reicht von Tagebüchern und Erinnerungen von Frontkämpfern über Zeitzeugenberichte bis zu einer neuen Art realistischer Literatur. Eine regelrechte Sättigung setzte ein. Jedenfalls urteilte man bei der berühmten Literaturzeitschrift *Nouvelle Revue Française* bereits 1919, der Krieg als Thema für die Literatur sei aus der Mode. Die nachhaltigste Wirkung unter den vielen damals erschienenen Texten kam zweifellos dem Roman von Henri Barbusse »Le Feu« (Das Feuer) zu. Bereits 1916 erschienen und trotz vehementer Proteste seitens der

Chauvinisten mit dem Prix Goncourt ausgezeichnet, war das Buch ein schonungsloser Bericht über das Leben an der Front und zugleich eine soziale Analyse des Krieges. Vor allem aber hatte Barbusse, eine Generation älter als Dabit, zum ersten Mal einen Kollektivheld gestaltet: die vielen unbekannten Soldaten.

Dass auch Eugène Dabit um diese Literatur weiß, ist seinem Roman *Petit-Louis* doppelt eingeschrieben. Erstaunlicherweise zieht sein Held mit eben jenem Buch von Barbusse an die Front. Fasziniert und verstört liest der Achtzehnjährige in seinem eigenen Schicksal. Eine überwältigende Leseerfahrung, die er im wirklichen Leben mit vielen seiner Kameraden teilte. So einschneidend jedenfalls, dass sie Dabit sieben Jahre später durchaus den Wunsch verspüren lässt, ein Werk zu verfassen, das ähnlich Zeugnis ablegt. Doch dann schränkt er diese Absicht ein. Er wolle kein Kriegsbuch, kein sozialkritisches Buch wie »Das Feuer« schreiben, teilt er einem Freund mit. Vielmehr würde es ums Erwachsenwerden gehen, um die Irrungen und Wirrungen eines Jugendlichen, dessen Jugend *rein zufällig* im Krieg stattfindet, weshalb dieser eben miterzählt werden müsse.

Eine erste Fassung seines Romanmanuskripts übergibt er 1926 dem Redakteur der kommunistischen Zeitschrift *Europe*. Im Jahr darauf, eine zweite Fassung ist entstanden, schreibt Dabit kühn an André Gide, dem Großschriftsteller der damaligen Zeit und ein Vorbild für den jungen Autor. Obwohl Gide freundlich ablehnend antwortet, bleiben die beiden in Briefkontakt. Außerdem gibt Gide das Manuskript weiter an seinen Kollegen Roger Martin du Gard. Er wird Dabits Mentor werden. Du Gard findet das Manuskript durchaus »erschütternd«. Doch zunächst widmen sich die beiden einem anderen Text. Denn inzwischen ist Eugène Dabit zu einem neuen Schreibprojekt übergegangen, das von aktuelleren Eindrücken gespeist ist, dem *Hotel du Nord*. Das Pariser Wohnhotel für Arbeiter haben die Eltern Dabits 1923 übernommen. (Es scheint tatsächlich jener »Monsieur Gaston« aus dem Roman *Petit-Louis* zu sein, in Wahrheit ein Onkel mütterlicherseits, der mit dem Bordell im Krieg zu Reichtum gekommen ist und der den Eltern Dabits das Geld leihen wird, damit sie das Hotel pachten können.) Roger Martin du Gard kämmt das Hotel-Manuskript Kapitel für Kapitel mit seinem Schützling durch. Bestärkt von der Schreiberfahrung, die ihm um einiges leichter gefallen zu sein scheint, macht sich Dabit wieder an sein »Jugendbuch«. Diesmal will er alles hineinlegen. Liegt es daran, dass inzwischen der Verlag Gallimard Interesse angemeldet hat? Der Weg für ein zweites Buch ist jedenfalls frei. Tatsächlich entstehen vierhundert Seiten, überaus detailreich und ... *zu autobiografisch*, wie sein Mentor urteilt. Dabit macht sich an eine vierte, die endgültige Fassung.

Der Autor nimmt radikale Kürzungen vor. Wie er an du Gard schreibt, will er das Buch »schneller machen«, den Weg hin zum finalen Punkt geradliniger, und: dem

Helden mehr Würde verleihen. Dabit streicht seinen Suizidversuch 1917 aus dem Manuskript, die Ausführungen zu Malerei und seinen eigenen künstlerischen Ambitionen, das allzu ausführliche Kasernenleben. Der Fokus hat sich eindeutig verschoben. Das Ich der letzten Fassung ist nicht mehr das Ich des autobiografischen Dokuments, es ist eine Projektionsfläche geworden.

»Am vernünftigsten waren eigentlich die armen und einfachen Leute; sie hielten den Krieg gleich für ein Unglück.« Dieser Satz aus dem Roman *Im Westen nichts Neues* (1929) von Dabits deutschem Kollegen Erich Maria Remarque, übrigens im selben Jahr geboren wie er, klingt wie die Quintessenz von *Petit-Louis*. Indem Dabit diesen »armen und einfachen Leuten« eine Stimme verleiht, verlagert er das Gewicht immer wieder. Weg vom Drastischen, vom Effekt, den der Krieg zwangsläufig mit sich bringt, hin zu einem Buch, das vor allem dem Leben seiner Eltern huldigt. Immer wieder beschreibt er die Güte, die Ruhe der Mutter, die geduldige Heiterkeit des Vaters. Es ist der Krieg gesehen aus der Arbeiterperspektive, durchaus, aber Dabit erzählt nicht von einem politischen Standpunkt aus, sondern mit Liebe zu den einzelnen Menschen und deren Lebensproblemen. An diesem Punkt wird die Zerrissenheit deutlich, an der der Autor bis zu seinem frühen Tod 1936 leiden wird. Als Arbeitersohn verspürt er den Wunsch wie auch die Pflicht, seine proletarische Herkunft, seinen *Klassenhintergrund* zu thematisieren (schließlich speist der sein Stoffreservoir), gleichzeitig sehnt er sich nach einer »écriture pure«, einer reinen Literatur, die von solchen Klassenzuschreibungen nichts zu wissen braucht, weil sie nur Allgemein-Menschliches verhandelt.

Dabit benennt keine Ursachen, er zeigt keine politisch-moralischen Konsequenzen des Krieges auf. Er beschreibt schlicht den Alltag derjenigen, die den Krieg weder gewollt haben noch von ihm profitieren. In dieser Hinsicht ist er dem Deutschen Remarque sehr viel näher als seinem französischen Kollegen Barbusse, der aus dem Krieg noch eine Einsicht in die historische Mission der Arbeiterklasse ableitete. Für Barbusse, im Zivilberuf leitender Verlagsangestellter, waren die Jahre im Schützengraben auch in sozialer Hinsicht ein Erweckungserlebnis. Zum ersten Mal kam er mit Bauern und Arbeitern zusammen. Ihrer Sprache, ihrer Denk- und Handlungsweise stand er regelrecht staunend gegenüber. Dabit hingegen kennt »das Volk« seit jeher. Vielleicht liegt es daran, dass er keine euphorischen oder utopischen Ausgänge anbieten kann. Für Dabit ergibt das Arbeiterschicksal keinen Sinn, es hat keinen höheren Zweck, nicht mal als Abenteuer. Der Wunsch nach Glück findet nicht innerhalb eines kollektiven Strebens statt. Er ist »nur« ein individueller. Daraus lässt sich kein ideologisches Fazit ziehen.

Die Große Geschichte als fatales Störereignis, das die Existenz der Menschen von außen anzugreifen scheint – Dabit war nicht der Erste, der das so sah. Erstaunlicherweise wird dieser Angriff bei ihm aber vom Märchenhaften abgefedert. Sein Ich-Erzähler wird nicht durch den Krieg zerstört. Er geht geradezu traumwandlerisch durch ihn hindurch. Am Ende des Buches finden sich alle Familienmitglieder auf beinahe wundersame Weise wieder dort ein, wo sie auch zu Beginn schon waren: zu Hause, ganz so, als wäre nichts geschehen. Der Roman feiert dieses »kleine Glück« eines sicheren Heims. Die elterliche Schutzhöhle, das Nest bleibt intakt. Die Handlung schließt sich wie ein Kreis, eine Entwicklung ist nicht auszumachen. »Mein Vater ging nicht zur Wahl und las keine Zeitung. Die große weite Welt rückte uns nur ins Gedächtnis, wenn es irgendein Unglück oder ein schweres Verbrechen gab«, heißt es in *Petit-Louis*. Es ist nicht zu vermuten, dass sich dies nach dem Krieg ändern wird.

Die Macht der Herkunft, die Unveränderbarkeit des Lebens ist Dabits eigentliches Thema. Für ihn sind Klasse und Milieu Fesseln, die man nicht einfach abstreifen kann durch Revolte, Kampf oder Revolution. Insofern überdeckt der Krieg als »Ereignis« nur die Schicksale, die immer schon von der Widerholung des Ewiggleichen geprägt sind. Die Kartenspieler im Hotel du Nord im gleichnamigen Roman und die Frontsoldaten in *Petit-Louis* ähneln sich nicht zufällig. Es wird gemurrt und gemeckert, aber ohne wirklich aufzubegehren. Die einzige Konstante im Leben scheint das Elend zu sein, von dem man verfolgt bleibt. Keine der Figuren in *Petit-Louis* wird durch den Krieg erweckt. Was das historische Verständnis oder ihr politisches Wissen angeht, sind sie schicksalsergeben wie eh und je. Der Kontakt mit der Welt ist als katastrophisch erlebt worden und deshalb zu vermeiden, könnte man ihre Haltung zusammenfassen.

Dabit verurteilt das nicht, er richtet nicht, er begegnet diesem »Manko an Geschichtssinn« mit Liebe. Und mit Trotz. Denn was ist die bewusst traumhafte Auflösung der historischen Ebene sonst als die Trotzreaktion eines Künstlers? Das schlichte Präsens, in dem der Großteil des Romans erzählt ist, macht das Erzählprinzip klar: Wenn nichts in der Vergangenheit steht, dann ist auch nichts geschehen. Wenn das Ereignis nicht stattgefunden hat, wenn alles beim Alten bleibt bzw. zu ihm zurückkehrt, dann hat das Ereignis auch keine Macht über das einzelne Leben. Auf diese Weise wehrt Dabit sich, Angehöriger einer verlorenen Generation, einer Kriegsgeneration, kurz Opfer zu sein.

Ganz bewusst hat der Autor der Behutsamkeit, der Harmonie den Vortritt gelassen. Er hält gewollt Abstand zur Gewalt. Man könnte diese Herangehensweise als diskreten Realismus beschreiben. Wie der französische Filmemacher François Ozon neunzig Jahre später in seinem Spielfilm *Frantz* (2016) scheint er den Krieg zuletzt vor allem als Anlass für die Kunst zu gebrauchen. Als Anlass, um über das Erwachen und Erwachsenwerden zu schreiben, über die Trauer, das Abschiednehmen und Weiterleben, über die Liebe, nicht zuletzt über die Liebe zu den Eltern.

Diese Absichten hat damals kaum jemand verstanden. Sie wurden als nicht zulässig erachtet.

Mit dem Erfolg seines Romans *Hotel du Nord* 1929 war Eugène Dabit ein Name im Literaturbetrieb geworden. Man sprach ihm für den Roman den ersten Prix populiste zu, den Literaturpreis einer damals ganz neuen literarischen »Schule«, die den kleinen Leuten und deren Geschichten ein literarisches Denkmal gesetzt sehen wollte. Dabit hat um diese Etikettierung nie gebeten. Nach dem zweiten Buch nun gibt es seitens der »Populisten« Bedenken. Zu viel Melancholie und Lebensmüdigkeit. Beides will nicht so recht zum Populismus passen. Und die Kommunisten haben noch weniger Verständnis. Die Vorwürfe lauten: unpersönlich, ideologisch und sektiererisch, weil bürgerlich. Für die damaligen Jahre nicht ungewöhnlich. Es ist eine Zeit der Unterstellungen, der ideologischen Debatten, vor allem aber eine Zeit, in der Literatur für nicht wenige gleichbedeutend war mit: Revolution. Der marxistische Journalist und Schriftsteller Paul Nizan, der auch ein Freund Sartres war, schreibt nach Erscheinen von *Petit-Louis* in der Zeitschrift *Université syndicaliste*: »Wenn wir wollen, dass eines Tages eine proletarische Literatur existiert, dann steht dieses Buch stellvertretend für jene, die wir verurteilen.« Nizan moniert, der Autor hätte Talent, würde es aber nicht nutzen. In welcher Hinsicht sein literarisches Talent zu nutzen wäre, ist klar: politische Analysen, Offenlegungen der Verhältnisse, Wertungen, Verurteilungen. Man wirft ihm Willkür, Absichtslosigkeit, ja »Freiheit« vor. Damit sei er kein proletarischer Schriftsteller. Dabit sitzt zwischen allen Stühlen.

Selbst mit Henri Barbusse, mit dem Dabit ebenfalls in freundschaftlichem Briefkontakt stand, geht es auseinander. Barbusse, damals Chef der kommunistischen Wochenzeitschrift *Monde*, versichert Dabit im Dezember 1930, dass er *Petit-Louis* sehr schätze. Er rühmt den »populistischen und proletarischen Geist« des Buches, seinen »wahren Realismus«, außerdem seien die Beschreibungen von der Front »nüchtern und ergreifend«. Drei Jahre später schreibt Barbusse seinen jungen Kollegen eigenmächtig als Mitglied des *Comité Régional Parisien contre la Guerre* ein, einem Antikriegsverein. Dabit protestiert. Zwar ist er seit 1932 Mitglied in der *Association des Écrivains et Artistes Révolutionnaires*. Trotzdem reagiert er empfindlich auf derlei Vereinnahmungen. Im Namen seiner Freiheit und künstlerischen Überzeugungen will er nicht dulden, dass man seine Identität als Autor festzulegen versucht. Die traurige Gemeinsamkeit zwischen den beiden Schriftstellern wird nur das parallele Todesschicksal beider bleiben. Auch Barbusse stirbt überraschend auf einer Reise durch die Sowjetunion, 1935, ein Jahr vor seinem jüngeren Kollegen. Dabits nie ganz aufgeklärter Tod hat die Nachwelt lange beschäftigt. Man kann sich in Spekulationen ergehen – schließlich konnte während der sogenannten stalinschen Säuberungsaktionen schon ein leise geäußerter Zweifel oder Kommentar tödliche Folgen haben –, fest steht, über das, was er auf dieser Reise mit einer Delegation von Schriftstellern gesehen, gehört oder gesagt hat, gibt es keine Tagebuchnotizen. Als er offenbar an Scharlach erkrankt, lassen ihn die Kollegen in Sewastopol auf der Krim zurück, wo er am 21. August 1936 stirbt. Auf der Trauerfeier wenig später in Paris preist Louis Aragon Dabit als aktiven und überzeugten Anhänger der kommunistischen Partei, der die Verhältnisse in der UdSSR mit größter Genugtuung aufgenommen habe …

Anerkennung und Lob für seinen Roman *Petit-Louis* kamen vor allem von Dabits Schriftstellerkollegen. Max Jacob, Julien Green, Jean Guéhenno, André Gide (zuletzt doch) mochten das Buch. Gide hatte es vor allem der Erzählton angetan, der ihm ehrlich und aufrichtig erschien. Die durchgehende Stimme im Roman schätzte er als einfach und schlicht wie die Leute, von denen sie erzählt, ohne Verzettelungen, ohne Beschönigungen oder Analysen. Eine »reine« Schilderung, die dennoch nie in lakonische Kaltherzigkeit wegdrifte.

Diese Art des Nicht-Kommentars, die Auslassungen und »objektiven« Schilderungen rücken den Roman in die Nähe zu Camus' Roman *Der Fremde*, dem Roland

Barthes zwanzig Jahre später ebenfalls eine »Neutralität im Stil« bescheinigen wird. Im Unterschied zu Camus' Roman jedoch war es nicht Dabits Absicht, die Gleichgültigkeit oder den moralischen Skandal angesichts einer absurden Welt zum Vorschein zu bringen. Höchstens noch die stille Akzeptanz des Unglücks, das der menschlichen Kondition eigen zu sein scheint.

Dezember 2017

Eugène Dabit
Hôtel du Nord
Roman
Aus dem Französischen und
mit einem Nachwort von Julia Schoch
224 Seiten. Gebunden
ISBN 978-3-89561-166-7

Das Hôtel du Nord am Kanal St. Martin in Paris ist kein mondänes Grandhotel: Hier wohnen Arbeiter und Wäscherinnen, Dienstmädchen und Kutscher. Sie alle suchen ihr Glück: in der Liebe, in der Weltrevolution oder auch nur in der nächsten Lokalrunde. Das Hôtel du Nord bietet allen eine Bühne. Der 1929 erschienene Roman ist ein französischer Klassiker.

»Jeder für sich genommen ergäbe kein Schicksal. Aber im Zusammenspiel wird aus ihnen so etwas wie die kollektive Stimme von Paris.«
Julia Schoch

»Nichts Geringeres will der Roman einfangen, als das wahre Leben der kleinen Leute, mit Krankheit und Tod, wechselnden Liebesverhältnissen, kleinen Freuden, die mit vielen Aperitifs und vielen vins rouges begossen werden.«
Tilman Krause, Die Welt

»Ein Mikrokosmos verschiedenster Charaktere, weniger Roman, als vielmehr ein Kaleidoskop, das uns das Paris der kleinen Leute in den nicht nur goldenen 20er-Jahren vorführt.«
Carolin Fischer, Deutschlandradio Kultur

»Eugène Dabit sagt in wenigen Worten viel. Er rettet die melancholische Würde seiner längst untergegangenen Herkunftswelt.«
Ina Hartwig, Süddeutsche Zeitung

»Schöne Neuübersetzung von Julia Schoch.«
Angelika Overath, Neue Zürcher Zeitung

»Ein Kaleidoskop der Welt der kleinen Leute.«
Claudia Staudacher, Deutschlandfunk

»Es ist ein ganz besonderes Quartier, mit einer ganz eigenen Geschichte. Und *Hôtel du Nord* ist das Buch dazu.«
Gießener Allgemeine

»Eugène Dabit schuf einen wegweisenden Roman, der das Hôtel du Nord zum Mythos machte.«
Paul Heilig, Moka

Schöffling & Co.